AF186102

www.tredition.de

Die Deutschen Nationalbibliothek verzeichnet diese
Publikation in der Deutschen Nationalbibliografie.

Detaillierte bibliografische Daten sind im Internet über
http://dnb.dnb.de abrufbar

Bettina Döblitz

Zwischen den Zeilen

Kurzgeschichten – von Heiter bis Rabenschwarz

tredition

© 2024 Döblitz, Bettina
Umschlag, Illustration: Döblitz, Bettina, Canva-Design
1. Auflage
Druck und Distribution im Auftrag der Autorin:
Bettina Döblitz, Kunst- und Literaturstudio Galerie-7,
Gladbecker Str. 14, 46236 Bottrop
Verlag und Druck:
tredition GmbH, Halenreie 40-44, 22359 Hamburg,
Deutschland

ISBN
Paperback   ISBN 978-3-384-28403-7
e-Book   ISBN 978-3-384-28404-4

Das Werk, einschließlich seiner Teile, ist urheberrechtlich geschützt. Für die Inhalte ist die Autorin verantwortlich. Jede Verwertung ist ohne Zustimmung durch die Autorin oder den Verlag unzulässig. Dies gilt insbesondere für die elektronische oder sonstige Vervielfältigung, Übersetzung, Verbreitung und öffentliche Zugänglichmachung.

Zwischen den Zeilen ist eine Sammlung mit unterhaltsamen Kurzgeschichten und eindrucksvollen Gedankensplittern, in denen hauptsächlich weibliche Protagonisten mit den täglichen Herausforderungen und Erlebnissen zu kämpfen haben. Eine Frau muss sich ihrer Angst stellen, eine alte Dame wird überfallen, es geht um die Erfüllung eines Wunsches oder um eine gar nicht so märchenhafte Prinzessin. Es wird lustig, traurig, überraschend, kriminell und vor allem unterhaltsam. Die Spannweite der Geschichten reicht von tiefen Gefühlen bis zu rabenschwarzem Humor.

Die meisten Geschichten sind frei erfunden und jegliche Ähnlichkeit mit lebenden, gestorbenen oder verschollenen Person ist purer Zufall. Ich habe geschummelt und geschwindelt, Personen und Ereignisse frei erfunden und sogar die Sonne aufgehen lassen, wann es mir gerade passte ;-)

Sollten Sie sich also trotzdem in einer Figur diesen Buches wiedererkennen, können Sie Stolz sein, es in ein Buch geschafft zu haben ;)

Inhaltsverzeichnis

1 - Baba - eine Straßengeschichte

Wo finden Schriftsteller eigentlich ihre Geschichten? Manche sagen, die Geschichten liegen auf der Straße.

Also gehe ich auf die Straße.

Ich gehe die Straße entlang, Kopf gesenkt, denn ich suche nach Geschichten, die da liegen sollen.

Da liegt aber weit und breit keine Geschichte, nur ein Socken. Eine Socke, heißt es wohl richtiger. Jedenfalls liegt sie platt und dreckig im Rinnstein. Mehrfach überfahren vermutlich, und dann an die Bordsteinkante geprallt und schließlich erschlafft liegengeblieben.

Eine Geschichte? Mal sehen!

Wo kommt die Socke wohl her?

Hab mich schon oft oft gefragt, unter welchen Umständen man den wohl eine einzelne Socke verlieren kann.

Ich suche mir ein Stöckchen und fische den Strumpf aus dem Rinnstein.

Passanten glotzen mich an, sie halten mich sicher für bekloppt. Auch eine Geschichte. Über den äußeren Schein und falsche Schlussfolgerungen.

Ich widme mich aber unbeirrt meinem Fundstück. Es ist schmutzig, doch ich meine zu erkennen, dass es sich um eine mittelblaue Socke handelt. Äußerlich unversehrt, also zumindest ohne große Löcher.

Ich muss die waschen, wenn ich mehr erfahren will.

Meine gute Erziehung regt sich. Irgendwann hab ich wohl mal ziemlich eindringlich gelernt, dass sowas „babba" ist.

Aber ich möchte jetzt mehr wissen.

Zum Beispiel ob es eine Männer- oder Frauensocke ist. Ich kann anhand der Größe nur ausschließen, dass sie einem Kleinkind gehört.

Ja, ich muss Babba mitnehmen und waschen. Gut, dass ich immer ein paar kleine Tüten dabei habe. Die brauche ich für die Häufchen meines Hundes. Die kommen da rein, nachdem ich sie mit Zeitungspapier aufgesammelt habe. Aber dass nur so am Rande....

Ich befördere also mein Untersuchungsobjekt mit dem Stöckchen in die Tüte. Fühle mich dabei ein bisschen wie eine von der Kripo.Gar nicht mal so schlecht das Gefühl...

Zuhause angekommen wasche ich Babba.

Babba war nicht billig.

Babba ist eine Qualitätssocke. An der Sohle steht der Markenname.

Es ist kein Trageverschleiß erkennbar. Ich denke über rechte und linke Socken nach. Irgendwie bildet man sich doch immer ein, zu wissen, welche an welchen Fuß gehört, oder?

Ob der Mensch über eine Art Sockenzuordnungsinstinkt verfügt? Vielleicht, wenn es um die eigenen Fußkleider geht.

Ich kann aber ohne Loch oder „Gardine" am dicken Zeh nicht feststellen, ob Babba einem rechten oder einem linken Fuß verlustig ging.

Ich kann auch wider Erwarten keine eindeutige Geschlechtsbestimmung des Besitzers vornehmen.

Babba könnte einem Mann mit relativ kleinen, oder einer Frau mit relativ großen Füßen gehören.

Die Neugier quält mich. Ich gebe eine Annonce im Stadtspiegel auf.

Rubrik:Verloren/ Gefunden.

Zwei Tage schweigt mein Telefon.

Dann:

Ein Fetischist ruft mich an.

Ob ich die Socke schon gewaschen hätte, dann wäre sie unbrauchbar – ob er statt dessen eine gebrauchte von mir haben könnte.

Das finde ich persönlich jetzt wirklich „Babba". Na ja, jeder so wie er mag - aber nicht mit meinen Socken!

Der oder die Sockenverliererin meldet sich jedenfalls nicht.

Ich nagle Babba auf ein gerahmtes Brett und erhebe ihn damit in den Status eines Kultobjekts.

Dabei hoffe ich insgeheim ein wenig gehässig, dass ich mal ganz berühmt werde – und Babba richtig wertvoll wird – damit sein ignoranter Vorbesitzer sich mächtig ärgert, weil er – oder sie – Babba nicht zu schätzen wusste.

Fazit: Geschichten liegen nicht auf der Straße, aber dafür geheimnisvolle Socken, deren Geschichte man leider nicht erfahren kann.

Aber man kann sich dazu etwas ausdenken... wenn man will.

2 - Sternengeflunker

Es ist ein herrlicher Sommertag und vorm Küchenfenster zwitschern vergnügt ein paar Spatzen im Magnolienbaum. Ich genieße die Sonnenstrahlen, die durchs Fenster die Haut streicheln während ich fleißig Gemüse für unser Mittagessen schnibbel.

Mein Blick sucht dabei immer wieder die Straße vorm Haus ab. Jetzt müsste eigentlich Schulschluss und Lilli auf den Weg nach Hause sein. Unsere Tochter ist in den Ferien neun Jahre geworden und besucht nun die dritte Klasse der Grundschule in unserer Siedlung.

Schon sehe ich sie angelaufen kommen und gehe zur Tür um sie wie immer mit einem dicken Küsschen und einer Umarmung zu empfangen. Das ist unser tägliches Ritual.

Dann muss ich mir geduldig anhören, wie alles erlebte vom Schultag aus ihr herausprudelt.

Letzte Woche z. B. hat Peter eine Toilettenpapier-Rolle ins Klo gestopft und dann gab es eine Überschwemmung im Jungenklo. Ein anderer Junge hat ihn verraten und Peter musste zum Rektor und wurde von seinen Eltern abgeholt.

Gestern ist Hanna in der Pause vom Klettergerüst gefallen und hat sich an der Schulter verletzt. Sie wurde mit dem Kranken-wagen ins Marienhospital gefahren.

Tja, so geschieht jeden Tag irgendwas Aufregendes, was Lilli mir unbedingt berichten muss.

Ich öffne die Tür und blicke in ein kleines erhitztes und verweintes Gesichtchen.

Bevor ich überhaupt fragen kann, was denn passiert ist, schubst sie mich zur Seite. Mit einem neuen Tränenausbruch schreit sie mich an "Du bist doof, Mama!"

Ich bin entsetzt, so etwas kenne ich gar nicht von unserem kleinen Engel.

"Was um Himmels willen ist denn passiert, mein Schatz?", frage ich und will sie tröstend in den Arm nehmen.

"Wir hatten heute Aufklärung oder so. Der Lehrer hat gefragt, ob wir wissen, wo die Babys herkommen!"

Oh, Gott, mir schwante gerade Fürchterliches...

Heulend sagt sie "Und ich habe aufgezeigt und gesagt, ich weiß es !"

Mir wurde heiß, denn nun wusste ich, was jetzt kommt ...

"Ich habe das mit dem Sternchen erzählt und dann haben mich alle ausgelacht!"

Ich knie mich vor Lilli nieder und fühle mich unendlich schuldig. Meine Gedanken überschlagen sich. Sind die Lehrer denn blöd ...

AUFKLÄRUNG ... in der 3. Klasse?

Es war aber auch meine Schuld.

Eine Freundin hat für ihre Kinder ein Buch mit Bildern geholt. Sie meinte, wenn die kleinen irgendwann fragen, schaut sie mit den Kindern das Buch an und erklärt es ihnen ...

ICH konnte und wollte das nicht.

Als ich mit ihrem Brüderchen in Umständen war, ging Lilli gerade in den Kindergarten. Sie war vier Jahre, und als wir irgendwann alle zuhause gekuschelt haben, kam die Frage, die ich schon mit Bauchweh erwartet habe.

Von Bilderbüchern und Tatsachen hielt ich in dem Alter noch nichts. Lilli war doch noch viel zu klein.

Als sie also wissen wollte, wo denn die Babys alle herkommen, ging meine Fantasie mal wieder mit mir durch:

"Nun, mein kleiner Liebling, also ... wenn ein Papa und eine Mama sich ganz doll lieb haben und abends Kuscheln, dann kommt ein Sternchen vom Himmel und legt sich auf den Bauchnabel von der Mama. Der geht kurz auf und das Sternchen rutscht in den Bauch hinein und dann wächst daraus ein Baby. Wenn der Bauch dann dick und rund ist, geht die Mama ins Krankenhaus, der Bauch geht wieder auf und das Baby kommt heraus."

"Sind denn alle Sterne Babys?"

"Ja mein Engel. In jedem Stern ist ein Baby. Ich hab dir doch vor kurzen abends eine Sternschnuppe am Himmel gezeigt. Weißt du noch? Da ist gerade wieder ein Stern zu einer Mama geflogen."

Diese "Lüge" ist mir ganz spontan eingefallen und Lilli gab sich damit zufrieden!

Da sie nie mehr gefragt hat, habe ich diese Situation also auch nicht mehr richtiggestellt. Ich bin davon ausgegangen, dass sie das eh vergessen hat.

Da habe ich mich wohl sehr getäuscht.

"Oh Gott, mein Liebling, das tut mir aber leid" Ich nahm Lilli in den Arm und überlegte, wie ich diese Situation retten konnte.

"Da kannst du mal sehen, wie dumm ich bin! Was hat denn euer Lehrer gesagt, woher die Babys kommen?"

Lilli zieht die Nase hoch und sagt "Der hat uns einen Film gezeigt. Das war voll ekelig. Da war erst ein Wurm im Bauch der immer größer wurde und dann ein Baby war. Dann war die Frau im Krankenhaus und hat geschrien - und das Baby kam aus dem Popo bei der raus. Voll ekelig! Ich hab immer weggesehen.

Und die anderen haben immer mit dem Finger auf mich gezeigt und gerufen: Sternchen- Sternchen. Da musste ich weinen. Nur weil du so einen Quatsch erzählt hast."

Mit einem Tempo wische ich ihr noch ein paar Tränen aus dem Gesicht und meine: "Nur gut, dass DU mich jetzt aufgeklärt hast! Nun wissen wir ja beide, wo die Babys herkommen. - Aber die Geschichte mit den Sternchen ist doch viel schöner, oder?" Aufmunternd stupse ich meiner Tochter in die Seite und dann können wir doch beide über die Sache lachen!

Wenn wir heute eine Sternschnuppe sehen, stupst Lilli mich an und lacht,

"Schau Mama, da wird wieder irgendwo ein Sternenkind gemacht!"

3 - Kleines Abenteuer

M ein Mann geht wie jeden Tag seiner Arbeit als Postbote nach, unsere Kinder arbeiten ebenfalls und ich bin allein zuhause.

Ich gehe mit meinem Hund eine Runde durch unsere Siedlung und auf den Rückweg treffe ich kurz vor unserem Haus ein paar Bekannte und Nachbarn.

Jetzt werden erst mal Neuigkeiten ausgetauscht, weil bestimmte Nachbarn natürlich ganz genau auf dem Laufenden sind, was hinter so mancher Häuser-Fassade vor sich geht. Da kann die heimische Presse gar nicht mithalten. Der Dorfklatsch funktioniert hier bestens.

Swen, ein guter Bekannter und Mittvierziger kommt auf mich zu. „Ich habe grad´ gehört, dass du ein neues Buch raus hast. Hast du noch eins für mich, aber natürlich mit Widmung!" Er grinst verschmitzt über das sonnengebräunte Gesicht und sieht mich auffordernd an.

„Klar kannst du haben. Kommst du direkt mit?", frage ich und mein Hund zieht mich auch schon Richtung Heimat.

„Gerne." meint er und zu den anderen „Na dann mal tschüss. Wir sehen uns morgen."

Wir gehen über die Straße auf unser Haus zu als Swen fragt „Bist du allein zuhause? Wieder alle ausgeflogen?"

„Ja, wie immer. Und ich armes Hausmütterchen bewache das Schloss" sage ich lachend während ich die Tür öffne und Swen will wissen, was das Buch kostet. Jetzt wage ich es einfach, es ist eh keiner hier und ich wollte das schon immer einmal tun.

„Du.... Du hast mich doch mal gefragt, ob ich nicht Lust hätte, mit Dir ..., na, du weißt schon ... Hast du mir doch mal angeboten"

fange ich an zu stottern.

Mein Herz fängt vor Aufregung an zu klopfen und Was mach ich da bloß? Mein Mann ist immer so furchtbar eifersüchtig.

„Seit Swen von seiner Frau geschieden ist, flirtet der doch mit allem, was zwei Beine hat und nicht schnell genug verschwindet ..." hat er letztens noch gesagt.

Swen mustert mich von oben bis unten und fängt an zu grinsen. „Ich dachte, du hast nicht die Nerven für sowas ... woher der plötzliche Sinneswandel? Von mir aus sofort. Was sagt denn dein Mann dazu, wenn er es erfährt?"

„Boah, er muss das ja nicht Erfahren! Falls die Nachbarn was sagen, steh ich halt dazu. Dann erkläre ich ihm schon irgendwie, dass ich endlich mal diesen Kick erleben wollte".

Swen hat tatsächlich ein passendes Outfit dabei und ich mache mich etwas zurecht. Er besteht auf diese Verkleidung also füge ich mich seinem Willen.

Ich fühle mich ein wenig unwohl in diesem Aufzug, während ich vor Swen stehe. Das Leder klebt jetzt schon auf meiner Haut.

Er aber pfeift anerkennend und macht mir Platz. Ich bin total aufgeregt, umarme Swen ganz fest und presse mich an ihn.

„Ich fange erst mal ganz langsam an - ich will dich ja nicht gleich wieder verschrecken ...", meint er und legt los.

„O.k. ...", ist das Einzige, was ich vor Aufregung herausbringe.

Mein Körper fängt an zu vibrieren und ich habe einen Schwarm Hummeln im Bauch.

Jetzt steigert Swen das Tempo ein wenig und ich fange an, es richtig zu genießen. Im Moment ist mir völlig egal, was mein Mann oder sonst wer dazu sagen würde. Ich wollte endlich auch mal dieses Gefühl erleben ... Erregt, Frei, der pure Wahnsinn.

Vor Aufregung, und doch etwas ängstlich, presse ich mich noch fester an Swen.

Er sagt nichts, drückt aber aufmunternd meine Hand und gibt mir Halt und Sicherheit.

Ich lege meinen Kopf an seine Schulter und mein Blutdruck ist bestimmt bei 180. Ab jetzt genieße ich einfach nur noch.

Dann wird er langsamer, ich spüre, dass wir zum Ende kommen.

Ich bin tatsächlich deswegen etwas enttäuscht und klammere mich an ihn, in der Hoffnung, dass er es noch etwas hinauszögert und meinem Verlangen auf eine Zugabe nachkommt.

Leider ohne Erfolg und schon ist der Spaß vorbei.

„Das war einfach super! So hätte ich mir das gar nicht vorgestellt, man, was für ein Kick..." sprudelt es aus mir heraus. Mit wackeligen Knien stehe ich wieder neben ihm.

„Das hättest du alles schon früher haben können. Aber du hattest ja Angst."

„Danke, das war einfach nur toll, vielleicht können wir es Mal wiederholen." frage ich hoffnungsvoll.

„Immer wieder gern", meint Swen und schwingt sich wieder auf sein Motorrad. „Und noch mal danke fürs Buch".

Ich winke ihm noch mal hinterher und bin glücklich und stolz, mich endlich getraut zu haben, auf ein Motorrad zu steigen und den Rausch der Geschwindigkeit zu erleben.

4 – Neulich auf´m Platz

Ich muss zugeben, obwohl meine beiden Männer zuhause selbsternannte Fußballprofis sind, bin ich ein absoluter Fußball-Legastheniker.

Selbst unser Hund, ein Golden-Retriver namens Krümel, ist schon von klein auf Ball-verrückt.

Wenn meine beiden von Mann decken, Fummeln und ihn reinmachen reden, habe ich ganz andere Bilder im Kopf - zumindest keine vom Fußball.

Als unser Sohnemann noch klein war, mittlerweile überragt er mich um eine halbe Kopflänge, bin ich mit Krümel oft zum Spiel gegangen, um unsere Jungs anzufeuern.

Mein Mann, seit Jahren passionierter Fußballtrainer, hat mittlerweile aufgegeben, mir zu erklären, wann und warum ein Spieler im Abseits steht oder warum es als Handspiel gewertet wird, wenn ein Spieler dem anderen einen Ball vor den Arm schießt. Da kann der arme getroffene doch gar nichts für ... soll er sich den Arm ausreißen?

Mir sind diese ganzen Regeln suspekt.

Wobei - der A-Jugend und der 1. Mannschaft habe ich eigentlich gerne beim Spiel zugesehen.

Fußballregeln waren dabei belanglos.

Die Knaben waren meistens durchweg gut trainiert und muskulös. Wenn dann nach dem Spiel die Trikots ausgezogen wurden und die Jungs sich damit den Schweiß aus dem Gesicht wischten, spannten die Muskeln richtig unter der schweiß-glänzenden Haut.

Na, dann kamen auch endlich wir Muttis mal auf unsere Kosten.

Leider wechseln alle Spieler, auch mein Mann, irgendwann in die »Alt-Herren-Mannschaft«. Bei den meisten mutiert dann das Sixpack irgendwie zu einem 5-Liter-Fässchen, was dem weiblichen Auge gar nicht mehr so schmeichelt.

Dann gleiten die Spieler auch nicht mehr so elegant über den Platz, sondern der ein oder andere stampft schnaufend wie eine Dampflok mit hochrotem Kopf hinter dem Ball her.

Vor einiger Zeit habe ich mal wieder ein E-Jugend-Spiel besucht.

Unsere Jungs spielten gegen Adler Ellinghorst.

Ich stand mit einigen Eltern an der Seite und feuerte die Jungs an. Für Krümel hatte ich wohlweislich seinen kleinen Quitschball mitgenommen, damit er beschäftigt ist.

Ich hatte doch erwähnt, dass er total Ball-verrückt ist?!

Aber er lag entspannt neben mir und kaute auf seinem Ball rum.

Wir sahen gebannt auf das Spielfeld, es stand 2 - 2 und in 10 Minuten war Schluss.

Die Nr. 11 von Adler Ellinghorst stürmte mit dem Ball auf unser Tor zu. Er schaffte es, unsere Spieler auszudribbeln und kam dem Tor verdammt nahe.

Unser Verteidiger mit der Nr. 4 stand in erreichbaren Nähe.

Aber - warum stand er?

Er sollte doch eigentlich laufen und angreifen.

Ich schrie lauthals »HOL DEN BALL! MENSCH; HOL DIR DEN BALL ... DEN KRIEGST DU DOCH!!«

Ein Ruck ging durch meinen linken Arm und in einem rasanten Bogen schießt ein rotblonder Blitz auf den Spieler zu und mit einem eleganten Kopfball katapultierte mein Hund den Ball ins Tor und rennt gleichzeitig den kleinen Spieler über den Haufen.

Der Schiri pfeift wie verrückt in seine Trillerpfeife und schreit mich an.

Einige Zuschauer lachen sich schlapp, während ich versuche, meinen Ball-verrückten Hund einzufangen.

Das ist gar nicht so einfach, da Krümel nun seine Hauer in das harte Leder eingegraben hat und ihn nicht hergeben will. Ich ziehe und zerre am Ball und endlich lässt er ihn los. Leider hat er die Blase wohl auch erwischt, denn der Ball verliert zusehends an Umfang.

»Schaff endlich den Köter vom Platz« raunzt mich der Schiri an.

»Hast du das Viech nicht im Griff?« ruft mir ein Kerl von der Gegenseite zu.

Mit rotem Kopf kontere ich »Der wollte ja nur mal zeigen, wie das richtig geht.«

Nachdem ich Krümel endlich zu fassen bekomme, binde ich seine Leine am Geländer fest und sehe mit ihm in sicherem Abstand das Spiel zu Ende. Na, Gott sein Dank hat Krümels Eigentor nicht gezählt und das Spiel endet dann auch Unentschieden

Zum Rückspiel auf dem gegnerischen Grün bin ich aber nicht mitgefahren.

Ich übe lieber mit meinem Krümel im Garten Kopfball.

5 – Die Entsorgerin

Mensch, Alte, lass die Tasche los, oder muss ich erst zuschlagen?"

Edith Auersbach bleibt nichts anderes übrig, als ihre Tasche dem jungen Mann auszuhändigen. Fassungslos steht sie daneben, und sieht zu, wie er den Inhalt auf den regennassen Bürgersteig kippt.

Der junge Mann wird wütend, weil er nur 15 Euro im Portemonnaie findet. Achtlos trampelt er auf all ihren kleinen Erinnerungsstücken herum. Ihr Schminkdöschen zerbricht unter seinen groben Sohlen in tausend Stücke. Das Pillendöschen platzt auf und ihre tägliche Tablettenration wird unbrauchbar.

Edith will das vergilbte Foto ihres verstorbenen Erwin noch schnell aufheben, doch der Typ stößt sie grob zu Boden und tritt das Bild einfach in den Matsch.

Edith schluchzt auf.

Nicht nur, weil sie sich beim Sturz wehgetan hat, sondern weil das Bild unwiederbringlich zerstört ist.

Wieder ein gemeiner Mensch!

„Das ist doch nicht alles! Du hast doch noch mehr Kohle!" drohend steht er vor ihr.

„Komm, steh auf Oma. Jetzt gehen wir zu dir nach Hause." Er hebt ihren Schlüssel auf und wirft ihn in ihren Schoß „Und mach jetzt bloß keine Faxen sonst kriegst`e was aufs Maul, kapiert."

Edith rappelt sich mühsam wieder hoch und läuft mit schmerzenden Beinen neben dem Mann her. Er stößt sie immer weiter über den unebenen Bürgersteig vorwärts. Der Weg führt Stadtauswärts an einem Feld und einer Weide vorbei. Es regnet in

Strömen und niemand ist zu sehen. Wer geht bei so einem Unwetter auch freiwillig vor die Tür.

Die wenigen Autofahrer konzentrieren sich auf die regennasse Fahrbahn und nicht auf irgendwelche Fußgänger. Im Gegenteil, die beiden müssen aufpassen, dass sie nicht von einem Schwall Pfützenwasser getroffen werden.

In ihrem kleinen Häuschen angekommen, drückt er sie auf einen Stuhl und durchsucht die Schrankschubladen.

Verstohlen beobachtet sie ihn.

„Wo ist dein Geld, los sag schon!" Er schüttelt Edith und tritt wütend vor den Schrank. „Und Schmuck, was is´ mit Schmuck? So`ne Trulla wie du hat doch bestimmt ein paar Klunker rumliegen. Soll ich erst alle Schubladen rausreißen?"

„Im... im Bad. Oben auf dem Boiler. Da steht eine Dose!" antwortet sie schluchzend.

Der Typ rennt ins Bad und Edith folgt ihm langsam.

Er steigt auf den Wannenrand und greift nach der Dose. Er streckt sich, um heranzukommen.

Das ist die Gelegenheit!

Ein dumpfer Knall ertönt. Wie in Zeitlupe sackt er nach hinten in die Wanne.

Er röchelt und zuckt.

Sein Blick wird glasig.

Dann verstummt er...

„Na, endlich!" Edith sieht sich den Toten an und schraubt den Schalldämpfer von der Waffe.

„Diesmal werden 30 Liter wohl reichen!"

Edith geht drei Mal in den Keller um je zwei Fünf-Liter Kanister mit konzentrierter Salzsäure zu holen. Sie kippt den Inhalt über die Leiche und lässt alles einwirken.

„Ach Erwin, jetzt haben deine Chemikalien doch noch eine sinnvolle Verwendung." verfällt sie in einen Monolog „Was war ich damals sauer, als du deine Restbestände von etlichen Chemikalien im Keller lagern wolltest. Du hattest ja so Recht. Als deine kleine Vertriebs-Firma Konkurs anmeldete, musstest du ja irgendwohin damit! *„Irgendwann können wir sie schon noch gebrauchen!"* hast du immer gesagt - Wie Recht du hattest, Liebling!"

Edith zieht sich neue Gummihandschuhe über und schüttet den Inhalt eines Tütchens in die Wanne. Darin befindet sich mittlerweile eine richtig stinkige, schlammige Brühe. *Erwin hat immer gesagt, Säure muss neutralisiert werden!*

Sie zieht den Stöpsel und entsorgt alles in die Kanalisation. Die groben Reste spült sie gründlich ab und bringt sie in den Stall. Dort warten schon ihre beiden Hausschweine – Max und Moritz.

Die beiden lieben die Abwechslung auf dem Speiseplan und vertilgen meistens alles restlos.

Anschließend säubert Edith gründlich die Wanne. Danach setzt sie sich ins Wohnzimmer und schaltet den Fernseher ein – Ihre Lieblingssendung läuft: Agatha Christie.

Dabei reinigt sie gewissenhaft den Revolver und versteckt ihn wieder im Flur auf dem Buchregal hinter der Bibel.

Dann geht Sie ins Schlafzimmer, nimmt eine neue Handtasche und legt ein Foto von Erwin, ein Pillendöschen und den Schlüssel hinein.

Im Bett denkt sie an ihren geliebten Mann, der viel zu früh an den Folgen eines brutalen Überfalles gestorben ist.

„Ich habe heute wieder einen erledigt, Liebling. Arme alte Damen überfallen. Von wegen! Ich werde dieses Gesindel schon noch bestrafen. Warte nur ab."

Edith löscht das Licht und schläft zufrieden ein.

6 – Rabenschwarzer Freitag

Ich werde nicht auf diese Party gehen! Wenn nicht bis heute Abend einer absagt oder noch jemand anderes eingeladen wird, ist das Thema für mich gegessen!"

Suse blickt wütend in Kirstens Gesicht. „Mensch Kirsten, du übertreibst es jetzt wirklich mit deinem Aberglauben. Wie kann sich jemand nur so in eine Sache rein steigern?"

Kirsten sieht Suse entschlossen an, „Das sind Ulli und Tom auch selber Schuld. Wer schreibt denn auch Nummern auf seine Einladungskarten. Ich habe die Nummer Dreizehn und wir wären ebenso viele Personen. Ich habe die beiden nämlich gefragt. Heute ist nun mal Freitag der Dreizehnte und ich habe bei dieser Party ein ungutes Gefühl. Dreizehn ist keine gute Zahl."

Sie biegen auf eine belebte Hauptstraße ein. „Ich weiß das einfach. Glaub mir, oder lass es bleiben. Hhh..." Kirsten atmet scharf ein und bleibt abrupt stehen.

„Was ist denn jetzt schon wieder?" Suse blickt genervt zu Kirsten. "Ach nein, etwa die Leiter?"

Kirsten geht wieder drei Schritte unter der Leiter zurück, die vor dem Schaufenster aufgebaut ist und die sie in ihrer hitzigen Unterhaltung übersehen haben.

„Ppt.. Ppt... Ppt." Sie spuckt dreimal über ihre linke Schulter, geht um die Leiter herum und dann einfach weiter. "Wenn ich Du wäre, würde ich auch zurückgehen. Besser ist es!"

Suse geht ihr wütend hinterher. "Ich habe keine Lust mehr zu shoppen. Kommst du noch mit zu mir, oder möchtest du lieber noch ein paar Flüchen ausweichen?"

„Ach Suse, jetzt sei mir doch nicht böse. Du weißt, das ich wirklich daran glaube." Kirsten bleibt stehen und schaut ihre Freundin an.

„Denk daran, meine Mutter ist auch am Freitag den Dreizehnten verunglückt und gestorben."

Suse nimmt ihre Freundin in den Arm. „Sie hätte auch *jeden* anderen Tag sterben können. Sie war doch schon lange schwer krank. Das mit dem Unfall war purer Zufall." Aufmunternd drückt sie Kirsten an sich und steuert die nächste Ampel an.

„Ach ist die niedlich! Sieh mal." Suse deutet auf eine kleine schwarze Katze, die links von ihnen aus einer Einfahrt heraus gerannt kommt und einfach über die Straße läuft.

Kirsten wird kreidebleich, „Auch das noch. Schwarze Katze von links. Du hast recht, lass uns lieber nach Hause gehen. Das sind mir zu viele Dunkle Omen."

Suse schüttelt belustigt den Kopf und tritt auf die Straße „Du hast echt einen Spleen. Wie kann man nur ernsthaft an den ganzen Mist glauben. Du bist doch sonst normal. Freitag der dreizehnte, schwarze Katzen, Leitern..."

Kirsten schreit laut auf und will Suse noch an der Jacke zurückziehen. Aber es ist zu spät.

Mit einem dumpfen Aufprall wird sie über die Motorhaube des roten Audi geschleudert und bleibt seltsam verdreht auf der Straße liegen.

Wie gelähmt starrt Kirsten auf ihre Freundin runter.

„Ich wollte das nicht. Lieber Himmel, ich habe dieser blöden Katze nachgeguckt, die einfach vor meinem Auto hergelaufen ist. Plötzlich war die junge Frau da! Ich wollte das doch nicht! Ich konnte nicht mehr bremsen...." stammelnd bricht der junge Mann neben seinem Wagen zusammen.

„Ja, ja. Heute ist Freitag der Dreizehnte. Da muss man mit allem rechnen!" meint einer der Schaulustigen, die sich mittlerweile um die Unglücksstelle versammelt haben.

7 – Flashback der Sinne

Mein Mann hat mich zur Feier des Tages, ich habe Geburtstag, in ein neues griechisches Restaurant eingeladen.

Da sommerliche Temperaturen herrschen, führt uns der Ober auf die gemütlich eingerichtete Außenterrasse.

Eine große Schiefertafel neben dem Eingang verspricht, dass heute griechische Leckereien direkt frisch auf dem Grill zubereitet werden.

Er öffnet die Tür und gibt uns den Weg nach draußen frei. Sofort umfängt uns der Duft nach Urlaub.

Ich nehme einen tiefen Atemzug dieser herrlich aromatisierten Luft und mir läuft das Wasser im Munde zusammen. Die Luft ist geschwängert vom Geruch nach gegrillten Fisch und würzigem Lammfleisch, welches auf der heißen Kohle gart.

In großen Kübeln an der Wand wachsen Oleander und Bougainvillea, deren süßer Duft sich mit dem Fisch- und Fleischgeruch vereint.

Ich schließe die Augen und wähne mich wieder am Meer.

Der Duft von Salz, Fisch, Kräutern und Fleisch, durchwebt vom harzigen Rauch des Holzkohle-Grills, vereint sich zu einer einzigen würzigen Woge, die mich umschmeichelnd einhüllt und meinem Körper unmittelbar ein totales Gefühl der Entspanntheit vermittelt.

Sofort bekomme ich wieder Urlaubsstimmung und inhaliere noch einmal ganz tief in die Lunge.

Dann folgen wir dem Kellner zu dem Tisch, den er uns zugewiesen hat und ich bestelle als erstes eine Karaffe Mavrodaphne, einen griechischen Likörwein, den ich im letzten Griechenlandurlaub jeden Abend auf der Terrasse des Hotels genossen habe, um den Geschmack des Urlaubs nun auch auf der Zunge explodieren zu lassen.

(Dieser Text entstand im Zuge meines Literaturstudium – Thema : die Beschreibung eines Gefühls 10/2017)

8 - Der Urlaubsflirt

Endlich frei ! Seit drei Monaten bin ich - nach einem heftigen Rosenkrieg - endlich geschieden.

Tja, jetzt sitze ich hier im Flieger Richtung Mallorca und hoffe, den ganzen Frust zu vergessen.

Ich wische mit beiden Händen über mein Gesicht, als könnte ich die Gedanken an die Vergangenheit einfach wegwischen.

Wer weiß, vielleicht bleibe ich hier! Es gibt ja nichts mehr, was mich zurückzieht.

In der Kabine wird es jetzt lebhafter. Mein Sitznachbar, ein älterer Herr, dessen dunkles Haar von weißen Strähnen durchsetzt ist, rutscht unruhig auf seinem Platz herum.

Unter den Achseln seines buntgeblümten Hawaiihemdes zeichnen sich deutliche Schweißränder ab. Bei seinem Versuch, nach draußen zu sehen um ein Foto zu schießen, erdrückt er mich beinahe in meinem Sitz.

„`Tschuldigung Fräulein, aber die könnten die Fenster auch wirklich etwas größer bauen, oder?"

Ich nicke ihm nur müde zu. Ich musste ja für meinen ersten Flug auch unbedingt auf einen Fensterplatz bestehen. Fast den ganzen Flug über war es draußen sowieso Dunkel. Als sich dann auch noch der Kaffeekonsum bemerkbar machte, musste ich dem Mann fast über den Schoß rutschen, da er tief und fest schlief.

Jetzt verströmt er einen leicht säuerlichen Schweißgeruch, so dass ich kaum wage, tief einzuatmen.

Am Airport von Palma angekommen geht erst mal die Koffersuche los. Ich verreise immerhin zum ersten Mal in meinem Leben allein und bin total kribbelig.

Mit zittrigen Knien überstehe ich die Passkontrolle. Durch einen endlos langen Gang laufe ich in die riesige Flughafenhalle und schaue mich um. Hunderte von Menschen hasten an mir vorbei. Alle sehen aus, als wenn sie genau wüssten, wohin sie laufen müssen. Mittlerweile habe auch ich das Kofferband gefunden, überglücklich, dass mein Koffer einer der Ersten ist.

In der großen Halle ist es ziemlich stickig.

Der säuerliche Geruch von Schweiß liegt in der Luft. Die Stimmen der Menschen um mich herum vereinen sich zu einem unerträglichen Summen.

Mir wird es etwas flau deshalb beeile ich mich, den Ausgang zu erreichen. Draußen weht ein leichter Wind und ich atme erst mal tief durch.

Vor dem Eingang stehen reihenweise Busse – nur - welcher ist meiner?

Unschlüssig sehe ich mich um. Eine Reisegruppe verstaut gerade das Gepäck in einem der Busse, dirigiert von einem etwas hektisch wirkenden Reiseleiter.

Ich setze mein Sonntagslächeln auf und tippe ihm auf die Schulter. "Entschuldigung, ich will nach Cala Ratjada. Welchen Bus muss ich da nehmen?"

Etwas genervt sieht er mich an. „Da müssen Sie vorne auf die Schilder achten. Da stehen die Reiseanbieter drauf, vorne hinter der Scheibe. Es müsste Bus Nr. 5 sein. Sie hätten ja mal am Schalter Ihres Reiseanbieters fragen können."

Mein Dankeschön bekommt er schon gar nicht mehr mit, da er sich gleich wieder seiner Gruppe zuwendet um sie auf zwei Busse zu verteilen.

Komisch, im Fernsehen haben die Reiseleiter immer eine super Laune und sind stets hilfsbereit. Die Wirklichkeit ist doch immer wieder ernüchternd.

Aha, Bus Nr. 5 -Cala Ratjada- laut Schild ist es sogar mein Reiseanbieter.

Nachdem ich mich beim Fahrer versichert habe, dass er auch wirklich meine Pension anfährt, steige ich ein. Also wieder Koffer verstauen und hinsetzen.

Ich bin todmüde. Nie wieder fliege ich nachts. Mein Flug ging um vier Uhr dreißig. Dementsprechend früh musste ich einchecken. Es ist jetzt kurz vor acht am Morgen und ich bin gespannt auf meine Pension.

Während der Busfahrt genieße ich die Aussicht über das Land.

Die Erde hier sieht richtiggehend vertrocknet aus, trotzdem grünt und blüht es überall.

Wir fahren an Städten mit Namen wie Algaida, Montuiri, Villafranca und Manacor vorbei. Zwischen Oliven- und Mandelbäumen grasen Ziegen. Ich bin mir sogar sicher, auf einer Weide Schweine zu sehen, nur sind diese irgendwie schwarz und haarig.

Hin und wieder überholen wir eine Karre, die von einem staubigen Esel gezogen wird. Schon bevor ich sie richtig kennengelernt habe, finde ich die Insel einfach wundervoll.

Habe ich nun eine Pechsträhne oder nicht, meine Pension ist natürlich die letzte, die angefahren wird. Ich kann mittlerweile kaum noch aufrecht sitzen und bin todmüde.

Gute zwei Stunden später komme ich endlich am Ziel an. Ich werde als letzte Reisende allein vor dem Gebäude abgesetzt.

Auf den ersten Blick sieht es sehr gemütlich aus, wie eine kleine Taverne. Über dem Eingang steht auf einem Holzschild in eckigen Lettern >Santa Fee<. Sofort kommt ein etwas älterer Portier mit einem wettergegerbten Gesicht auf mich zu. Nach einer kurzen Begrüßung schnappt er sich meinen Koffer und trägt ihn rein.

Ich nehme nochmals einen tiefen Atemzug von dieser herrlich salzigen Meeresluft bevor ich ihm müde folge. Nachdem alle Formalitäten erledigt sind, bietet er mir noch ein Frühstück an, aber ich will nur noch ins Bett. „Mio Casa, por farvor", stottere ich unbeholfen.

Er lächelt und zeigt mir den Weg in den ersten Stock. „Buenos Dias, Señorita", dann lässt er mich alleine.

Ich stell den Koffer in die Ecke um mir erst mal einen Überblick zu verschaffen.

Ein Doppelbett, ein kleiner rechteckiger Holztisch mit einem gehäkelten Deckchen, ein zweitüriger Schrank und ein kleiner Hocker. Was braucht der Mensch mehr, um glücklich zu sein. Das Bad ist klein aber sauber. Vor dem Zimmer ist ein kleiner Balkon.

Ich kann das Meer in einiger Entfernung sogar vom Balkon aus sehen. Dazu muss ich mich allerdings etwas über die Brüstung lehnen um Linkerhand über die Dächer zu blicken. Es ist wunderbar. Die Geräusche der Stadt schwellen an mir vorbei. Es riecht nach Fisch und Kräutern, dazwischen diese salzige Brise vom Meer. Ich lege mich aufs Bett und bin kurz darauf eingeschlafen.

Als ich erwache, dämmert es schon, ich habe tatsächlich den ganzen Tag verschlafen. Dafür geht es mir jetzt blendend. Also ab unter die Dusche - dann raus ins Nachtleben, wozu bin ich sonst hier? Ich habe mir geschworen, was mein Mann, ach nein: EX-MANN kann, das kann ICH schon lange. Was habe ich denn noch zu verlieren?

„Buenos Tardes, Señorita", empfängt mich der Portier. Wenig später schon weiß ich, dass er Franco heißt und stolzer Besitzer dieses Etablissements ist. Seine Frau winkt aus der Küche. "Holla, Du noch wollen Essen?" ruft sie in gebrochenem Deutsch. Mir wird bewusst, dass ich seit gestern nichts mehr gegessen habe. Die Gummibrötchen im Flieger sehe ich nicht als Mahlzeit an. An diesem Abend esse ich die wahrscheinlich besten Muscheln meines Lebens.

Momentan bin ich der einzige Gast im Hause und werde richtig verwöhnt. Das muss man einfach genießen. Jetzt, gegen Anfang April sind keine Ferien, dementsprechend ruhig ist es hier.

Abends schlendere ich durch die kleinen Gassen und sehe mir den Ort an. Unten am Hafen ist die Promenade und ich setzte mich in eines der vielen Cafés.

Lange bin ich allerdings nicht allein. Ein junger Spanier kommt auf mich zu.

„Buenas tardes, so allein, Señorita?" lacht er mich an.

„Oh, ich bin gerne allein und würde es auch gerne bleiben". raunze ich ihn direkt an.

„Deshalb bin ich ja da", sagte er frech. "Junge hübsche Frauen bleiben hier nicht lange alleine. Es gibt Männer, die fassen Sie als Freiwild auf. Wenn ich mich setze zu Ihnen, spricht Sie keiner mehr an."

„Und Sie zählen natürlich nicht zu diesen Gestalten", blaffe ich ihn leicht genervt an.

„Oh, Señorita, ich haben keine schlechten Gedanken. Sie sehen so einsam aus, dass ich Sie einfach ansprechen musste. Ich werde sofort gehen und Sie nicht wieder bereden." Er sieht wirklich empört aus.

„Na, dann retten Sie mich halt vor meinen unzähligen Verehrern." Er bringt mich tatsächlich zum Lachen. Jetzt lacht er auch und setzt sich zu mir. Schwarze Haare kringeln sich widerspenstig um sein gebräuntes Gesicht. Überrascht sehe ich in leuchtend blaue Augen. In meiner Vorstellung haben alle Spanier braune Augen. Nun, wieder was gelernt!

„Ich bin Juan, ich studiere Theologie. Ich mache genau wie Sie Urlaub. Darf ich Sie zu einem Drink einladen", plappert er gleich drauf los.

Au Backe, auf was habe ich mich da nur eingelassen?

„Aber gerne, ich nehme einen Lumumba. Darf ich fragen, woher Sie so gut Deutsch können?".

„Aber sicher", strahlt er. „Wie ich sagen, studiere ich Theologie. Ich möchten Priester werden".

Ich bin gerettet, oder nicht? Erwartungsvoll sehe ich ihn an.

„Ich haben ein Jahr als Austauschstudent in Deutschland gelebt. Ich war in Frankfurt, meine Gasteltern waren ein evangelischer Pfarrer und eine Lehrerin. Sie haben sich sehr - wie sagt man - Bemühen, mir Deutsch beizubringen. Deshalb ich reden ja so gerne mit Deutschen Touristen, um immer mehr Neues dazuzulernen."

Ich bin beeindruckt. Wir reden noch über dies und das, dann schlägt er vor, mir am nächsten Tag die Insel zu zeigen.

Das gefällt mir. Eine Inselrundfahrt kann ich mir sowieso nicht leisten, dafür reicht mein Geld nicht aus. Wer weiß, vielleicht zeigt er mir sogar Orte, die man im Katalog nicht zu sehen bekommt.

Pünktlich um 8.00 Uhr klopft Franco an meine Tür. „Buenas Dias Señorita. Aufstehen!" ruft er durch die geschlossene Tür.

Ich habe ihn gebeten, mich zu wecken, weil ich keinen Wecker dabei habe.

„Gracias, Franco. Ich bin wach." Ich kämpfe mich aus dem Bett und springe schnell unter die Dusche. Meine Sachen habe ich schon am Abend bereit gelegt, eine bequeme weiße Baumwollhose und eine rote Seidenbluse, die ich am Bauch zusammen knote. Ich finde, dadurch kommen mein blondes Haar und meine blauen Augen so richtig zur Geltung. Ich bin eigentlich nicht eitel, aber seit meiner Scheidung versuche ich halt, dass Beste aus mir herauszukitzeln.

Als ich nach unten komme, hat Sita, Francos Frau, schon mein Frühstück fertig. Typisch Continental - Weißbrot, Käse, Marmelade und Eier. Ich verschlinge alles mit Heißhunger. Kaum ist der letzte Bissen geschluckt, hupte es auch schon draußen.

Franco sieht erstaunt hinter seinem Tresen hervor, dann zwinkert er mir zu und meint nur betont. „Señorita!?"

Ich lache ihn an und bin schon draußen.

Juan besitzt einen alten verrosteten dunkelblauen Kastenwagen, mit dem wir losdackeln. „Wohin soll die Reise gehen, kleine Señorita?" fragt er gutgelaunt. „Das ist ganz Ihnen überlassen, Herr Chauffeur. Zeigen Sie mir einfach die schönsten Orte dieser Insel." Ich lache und bin glücklich wie schon lange nicht mehr.

Ach, was liebe ich dieses Gefühl der Ungezwungenheit.

Dabei ist mein neues Leben gerade mal zwei Tage alt.

Ich genieße die Fahrt über staubige, holprige Straßen und durch die blühende Landschaft. Mir fällt auf, dass es hier viele Windmühlen gibt, deren große Räder sich langsam im Wind drehen. Auf großen Reklameschildern lese ich, dass wir jetzt nach Manacor, in die Stadt der Perlen kommen.

„Manacor ist die zweitgrößte Stadt auf der Insel", klärt mich Juan auf. „Hier kommen die berühmten Majorica-Perlen her. Es gibt auch jede Menge Keramikartikel. Lass dich einfach mal überraschen."

Wir besichtigen als Erstes eine Perlenfabrik.

Dort wird wunderbarer Schmuck hergestellt. Es gibt auch niedliche Figuren aus kleinen Muscheln. Leider bin ich viel zu knapp bei Kasse, um mir einfach mal etwas Kitsch zu leisten, also bewundere ich alles nur und lass es an Ort und Stelle liegen. Direkt nebenan ist eine Keramikmanufaktur. Hier gibt es wunderbare Gefäße und Töpfe. Manche sind bunt bemalt, wieder andere sind so blau wie das Meer lasiert.

Am liebsten würde ich mir welche mitnehmen. Aber wohin soll ich dann damit.

Dann fahren wir weiter östlich über die Insel Richtung Meer und besuchen die Blaue Grotte in Porto Christo.

„Das ist die größte Tropfsteinhöhle von Europa. Sie heißt `Cuevas del Drach´", erklärt Juan mir.

„Du könntest glatt als Reiseleiter anfangen. Das machst Du nämlich super", finde ich, aber er lacht nur.

„Nee, lass mal. Wenn, dann nur für junge hübsche Señoritas!" Lachend suchen wir uns einen Parkplatz und er setzt seine Sonderführung fort.

Es ist einfach faszinierend. Hier unten ist es ziemlich dunkel. Wir müssen teilweise über schmale Holzstege laufen, die um die Stalagmiten und Stalaktiten herumführen. Wir kommen durch die „Schwarze Höhle", die „Weiße Höhle" und das „Fegefeuer" bis zu einem unterirdischen See.

Jede Halle hat hier einen Namen. Zum Abschluss wird die Höhle aus dem Wasser heraus beleuchtet, und ein Sonnenaufgang nachempfunden. Dabei färbt sich das Wasser von Orange bis zu gleißendem Gold. Einige Leute lassen sich jetzt mit kleinen Gondeln ans andere Ufer bringen während das ganze Szenario mit Musik von Chopin und Händel untermalt wird. Diese Stimmung geht einem so richtig unter die Haut. Außerdem ist es hier unten ziemlich kühl, so dass ich anfange zu frösteln.

„Du sein ja ganz kalt, Vera!" Er legt mir seine Jacke locker über die Schulter. Dankbar drücke ich sanft seine Hand und er sieht mich lächelnd an.

Nach der Grotten-Besichtigung fahren wir in eine kleine Bucht in der Nähe von Calla Millor, wo wir ausgelassen baden. Zum Glück habe ich meinen Bikini heute Morgen direkt drunter gezogen. Das Wasser glitzert im Sonnenlicht, der Sand brennt unter unseren Füßen. Ich hätte nicht gedacht, dass die Sonne um diese Jahreszeit schon so viel Kraft hat.

Wir benehmen uns wie kleine Kinder und albern ausgelassen herum. Wir haben fast den ganzen Strand für uns, da im April kaum Touristen hier sind.

Langsam aber sicher bekommen wir Hunger.

„Mein Gott, es ist schon nach Vier", ungläubig blicke ich auf meine Uhr. Die Zeit ist wie im Fluge vergangen. Juan fährt mit mir in den

Ort und wir gehen in sein Lieblingsrestaurant. Die Fahrt hat etwas länger gedauert, wir sind jetzt so richtig hungrig.

Juan hat mir nicht zu viel versprochen.

Wir sitzen in einer gemütlichen Fischer-Taverne. An der Decke hängen alte Netze mit Muscheln und Treibholz. Die Wände schmücken Bilder mit Fischerszenen. Sogar das Mobiliar hat einen gewissen Charme. Die Stühle sind aus Flechtwerk und sehen aus, als hätten Sie schon bessere Zeiten hinter sich. Sie wackeln sogar ein bisschen. Ich habe bedenken, ob mein Stuhl nicht unter mir zusammenbrechen wird.

An zwei Tischen sitzen ein paar ältere Spanier und spielen Karten. Dazu haben sie ein paar Tapas auf dem Tisch, von denen sie sich zwischendurch einfach mit den Fingern etwas direkt in den Mund stopfen. Es herrscht eine total lockere und ungezwungene Atmosphäre in dem kleinen Lokal.

Hier gefällt es mir. Was mir nicht gefällt ist, dass Juan unbedingt das Essen bezahlen will. Eigentlich ist es mir unangenehm, er hat schon so viel für mich getan. Aufgrund meiner finanziellen Notlage lass ich mich dann doch überreden.

Juan bestellt gedünsteten Fisch in einer fruchtigen Tomatensauce. Dazu gibt es knackigen Salat, knuspriges Brot und verschiedene Tapas, wie Oliven im Sardellenmantel, Auberginenröllchen mit Schafskäsefüllung, eingelegte Paprika und natürlich Aioli, die leckere Knoblauchcreme.

„Das Essen schmeckt einfach himmlisch." Begeistert tunke ich mein Brot in die Sauce, damit auch ja nichts überbleibt.

"Ich glaube, wenn ich länger hier bin, passe ich in keine Hosen mehr." Satt und zufrieden lehne ich mich auf meinem Hocker zurück. Juan grinst frech „Du kannst das doch vertragen.

Spanische Frauen haben auch etwas Speck an die Hüften. Dann man hat was zu packen." Mit gespielter Empörung werfe ich ihm meine zerknüllte Serviette ins Gesicht, muss dann doch herzlich lachen.

"Soll ich dir meine Wohnung zeigen?" fragt er mich am Abend, als wir zurückfahren. „Sie ist direkt im nächsten Ort."

Da haben wir es, jetzt bekommst du deine Rechnung. Er ist eben auch nur ein Mann. `

Wieder ist das flaue Gefühl in der Magengegend zu spüren, aber ich fahre trotzdem mit. Seine Wohnung befindet sich in einem zweistöckigen weißgetünchten Haus in Capdepera in der Nähe von Cala Ratjada und ist ganz einfach eingerichtet. Nur mit dem Nötigsten. Zwei karge, weiße Räume. In dem einen ein alter gusseiserner Ofen, ein Kühlschrank, der ziemlich verbeult und angerostet aussieht, ein Tisch, 2 Stühle und ein Schrank, im zweiten Raum ein Metallbett und an der Wand nur ein paar Haken, an denen seine Sachen hängen. In einem alten Koffer knubbeln sich Unterwäsche und Socken ...

Daher kommt wohl auch der Begriff `spartanisch eingerichtet´, denke ich mir.

"Ich teile mir Wohnung mit einem Amigo, mal kommt er her, mal ich. Ist nicht gerade gemütlich, aber es reicht."

Juan nimmt ein Glas vom Regal. "Möchten Du etwas trinken?"

„Nur ein Wasser, wenn Du hast." Irgendwie werde ich dieses beklemmende Gefühl nicht los. Erwartet er jetzt etwas von mir. Ich will mich auf nichts einlassen. Juan reicht mir das Wasser.

„Gracias, Juan. Eigentlich werde ich langsam müde. Der Tag war einfach wunderbar, ich bin dir wirklich dankbar."

Juan stellt die Gläser in die Spüle, nimmt einen Apfel aus einem Weidenkorb und bietet mir auch einen an.

„Kein Problem, kleine Señorita. Mir hat es auch gefallen. Einfach mal das Seele baumeln lassen und in den Tag hinein leben. Wenn du möchten, fahren ich Dich zurück." Auffordernd sieht er mich an.

Ich bin erleichtert und irgendwie enttäuscht zugleich. Schweigend fahren wir durch die Dunkelheit in Richtung Cala Ratjada.

Vor meinem Hotel hilft er mir aus dem Wagen und haucht mir einen Kuss auf die Wange.

"Treffen wir uns wieder?" will ich wissen.

„Leider nicht. Ich mussen morgen zurück. Ich mussen wieder an Studium. Es war sehr nett, kleine Señorita. Pass auf die Gigolos auf." Er lächelt mir noch mal zu und fährt davon.

In meinem Kopf schwirrten die Gedanken nur so durcheinander.

Bin ich nicht mehr attraktiv?

War ich nicht sein Typ?

Oder stimmt seine Geschichte tatsächlich, dass er Priester werden will. Na, dann hat er der Versuchung ja gut widerstanden.

Es gibt sie also tatsächlich: Männer, die nicht nur auf Sex aus sind.

Die sogenannten `Gigolos´ haben mich dann doch zum Glück auch verschont -

Juans Begleitung habe ich eigentlich sehr genossen, bin im Nachhinein doch froh, dass er keine Annäherungsversuche gestartet hat.

Dazu bin ich noch nicht wirklich wieder bereit.

Die letzten Tage meines Urlaubs habe ich nur noch dem Entspannen, Sonnen und Genießen der leckeren Fischgerichte gewidmet.

9 – Ich habe keine Angst

„Marie, ich habe Durst." Eine kleine Hand hält Marie erwartungsvoll ein Glas entgegen.

Marie Kleinherz, gelernte Erzieherin, kümmert sich seit vier Wochen um die siebenjährige Molly und deren neunjährigen Bruder Moritz.

Der alleinerziehende Donald Huber muss neuerdings arbeitstechnisch öfter verreisen und hat Marie für diese Zeiten als Kindermädchen eingestellt. Die beiden machen es ihr allerdings nicht wirklich leicht und spielen ihr einen Streich nach dem andern. „Ja Molly, ich gehe ja schon und hole etwas."

„Fanta, ich will Fanta!" Breitbeinig baut sich die Kleine vor ihr auf.

Ein Blick in den Kühlschrank verschafft Marie Gewissheit. Nichts Trinkbares mehr da! So bleibt ihr nichts anderes übrig, wie in den Keller zu gehen und für Nachschub zu sorgen. Dort hat Donald Huber sorgfältig Kisten mit Sprudel, Limo und Bier aufgestapelt.

Marie hasst den Keller.

Also, Korb geschnappt und auf nach unten.

Vor der Kellertür atmet sie erst noch einmal tief durch. Dann drückt sie die Klinke herunter und öffnet die Tür. Wieso nur krampft jedes Mal ihr Magen, wenn sie hier unten ist?

„Wenn mich jetzt einer sehen würde! Eine erwachsene Frau, die Angst vorm dunklen Keller hat. Lächerlich."

Beherzt knipst Marie das Licht an.

Na toll, die Birne flackert.

Wie oft schon hat sie ihrem Chef gesagt, dass hier eine Neonröhre rein gehört. So richtig hell, damit jeder Winkel ausgeleuchtet wird. Männer!

Da, schon wieder flackert das Licht.

Langsam schleicht sie die Treppe runter.

Ihr Magen fühlt sich mittlerweile bleischwer an. Links von ihr rauscht es plötzlich. Marie zuckt heftig zusammen. `Mein Gott, nur das verflixte Wasserrohr. Dolly hat bestimmt gerade Pipi gemacht, um Platz für ihre Fanta zu schaffen´.

Am Fuß der Treppe geht es nach links in den ersten Kellerraum. Noch liegt er im Dunkeln vor ihr. Im Dämmerlicht, welches durch das kleine vergitterte Kellerfenster fällt, steht eine schauerliche Gestalt vor Marie. Sie saugt scharf die Luft ein und drückt schnell auf den Lichtschalter neben sich.

Das Licht fällt auf einen alten Kleiderständer, den Herr Huber irgendwann in den letzten Tagen hierhin gebracht hat. Darüber hängt ganz harmlos eine Arbeitsjacke.

Marie lacht über sich selbst und fängt an zu pfeifen. Nicht weil sie Angst hat. Nein, aber das lenkt sie ein bisschen ab.

Hinter diesem Raum liegt der Vorratskeller.

Wieder knarrt es in einer Ecke.

Maries Hände krampfen sich um den Tragebügel des Korbes und er fängt verdächtig an zu knirschen.

`Als wenn es hier unten Monster gibt´.

„Diese blöden Gruselfilme. Ich sollte mir vielleicht keine mehr ansehen." Ihre eigene Stimme gibt ihr Mut und so bahnt sie sich den Weg durch den Wohlstandsmüll, der hier unten vor sich hin staubt. Schränke und Truhen, gefüllt mit altem Geschirr und

Decken. Aus einer Kiste grinsen sie Weihnachtsmänner an. Es wird Zeit, dass hier mal richtig ausgemistet wird.

Im selben Moment, in dem Marie die Tür zum letzten Keller öffnet, geht das Licht aus.

Ihr Herz fängt an zu rasen und ihre Hände werden schlagartig feucht.

Zwei rotglühende Augen starren sie aus der Dunkelheit an.

Einer Ohnmacht nahe entfährt ihren Lippen ein leiser Schrei. Ein Luftzug streift ihren Nacken und ihr mulmiges Gefühl verwandelt sich langsam aber sicher in Panik.

Hinter Marie ertönen schlurfende Geräusche, etwas schleift an der Wand entlang. Ihr wird speiübel.

Die roten Augen vor ihr fangen an zu grollen. Wie ein Häufchen Elend mache sie sich ganz klein und versucht sich hinter dem kleinen Korb zu verstecken.

In diesem Moment geht das Licht wieder an und Moritz steht vor ihr. „Hast du etwa Angst im Dunkeln?" belustigt stemmt er seine kleinen Arme in die Hüften und sieht Marie grinsend an. „Du hast geschrien."

Marie schleicht mit wackeligem Schritt am Heizkessel vorbei, an dem zwei rote Lampen leuchten, holt zwei Limo und zwei Sprudelflaschen, schiebt Moritz vor sich aus dem Keller und löscht das Licht.

„Ich habe keine Angst im Dunkeln!" klärt sie ihn auf während er laut lachend vor ihr nach oben läuft.

10 – Die Wahrheit über Schneewittchen

Vor langer, langer Zeit wuchs Schneewittchen gut behütet in einem großen Schloss auf.

König und Königin vergötterten ihre Tochter über alles und erfüllten ihr jeden Wunsch.

Doch die Königin ereilte eine schwere Krankheit und sie starb kurz vor Schneewittchens zehnten Geburtstag.

Daraufhin schenkte der König seine uneingeschränkte Aufmerksamkeit nur noch Schneewittchen. Er kaufte ihr, was ihr Herz begehrte und überschüttete sie mit seiner Liebe.

Schneewittchen genoss dieses Gefühl der Macht, das sie über ihren Vater besaß.

Schlug der König vor, mal in den Bergen Urlaub zu machen, zog sie einen Flunsch und jammerte "Ich will aber ans Meer!"

So verbrachten sie den Urlaub am Meer.

Es wurde aufgetischt, was Schneewittchen wollte und Spiele gespielt, die Schneewittchen bestimmte.

Wenn der König auf Geschäftsreisen war, musste auch das ganze Hauspersonal nach ihrer Pfeife tanzen.

So vergingen fünf Jahre.

Der König wollte nicht einsehen, dass er eine kleine verwöhnte Göre heranzog.

Doch eines Tages kam der König von einer Geschäftsreise zurück und brachte eine Frau mit.

Schneewittchen war entsetzt.

Ihr Vater wollte diese Frau zu seiner neuen Königin machen.

Sie hasste diese Frau schon jetzt!

So sehr sich ihre zukünftige Stiefmutter Sophia auch bemühte, Schneewittchen zu gefallen – das Mädchen reagierte bockig oder ignorierte sie einfach.

Die Stiefmutter war darüber ganz betrübt.

Als dann auch noch das ganze Hauspersonal geschäftig durch Schloss eilte, um alles für die die Hochzeit vorzubereiten, flippte Schneewittchen total aus.

Sie stürmte in den Thronsaal ihres Vaters und schrie ihn an: „Ich will nicht dass du diese Frau Heiratest! Ich mag sie nicht. Wir brauchen keine andere Frau im Haus! Du hast doch mich. Hast Du mich denn nicht mehr lieb?"

„Natürlich habe ich dich lieb, Prinzesschen!" Der König blickte seine Tochter entsetzt an.

Er hatte nicht gedacht, dass sie so gegen eine Heirat ist.

„Sophia soll dir nicht die Mutter ersetzen, sie soll dir eine Freundin sein. Außerdem hattest du viel zu viel Verantwortung zu tragen, wenn ich auf Reisen war. Du solltest lieber deine Jugend genießen."

Schneewittchen blickte ihn nur böse an.

„Deine Stiefmutter kümmert sich ab jetzt um das Hauspersonal und wir haben überlegt, ob es nicht besser wäre, wenn du mehr mit gleichaltrigen zusammen bist. Wir denken, ein Internat ist genau das richtige für dich!"

„Das hat sie ja toll eingefädelt!" Schneewittchen trat wütend gegen den Thron, verstauchte sich einen Zeh und wurde noch hysterischer. Wutentbrannt rannte sie in ihre Kemenate und schmiedete Pläne, wie sie die blöde Stiefmutter loswerden könnte.

„Sie müsste bei Vater so in Ungnade fallen, dass er sie auf immer verstößt!" Dass war es doch. Nur wie sollte sie das anstellen?

„Hm, ich könnte einfach ein paar Tage verschwinden und dann behaupten, Stiefmutter hat mich entführen lassen, und angeordnet mich zu töten!" Der Plan war so perfide wie perfekt

Schneewittchen packte ein paar Sachen ein und verschwand heimlich aus dem Schloss. Sie versteckte sich in einer alten Jagdhütte, die sie bei ihren Streifzügen durch den großen, dunklen Wald entdeckt hatte. Aus Erzählungen wusste sie, dass dort früher einmal sieben Grubenarbeiter gelebt haben.

Im Schloss herrschte schon bald große Aufregung.

Als man Schneewittchen nicht fand, wurde der König krank vor Gram. „Wenn ich dass geahnt hätte! Es ist alles meine Schuld. Ich dachte eine Mutter wäre gut für sie. Wo ist nur mein geliebtes Kind? Was soll ich nur machen?"

Seine zukünftige Frau versuchte vergeblich ihn zu trösten.

In seiner Trauer gab der König jedoch bald ihr die Schuld am verschwinden seiner Tochter. „Ich hätte dich nicht einfach herbringen dürfen! Ich hätte sie behutsam darauf vorbereiten sollen."

„Das ist doch quatsch! Du hast sie einfach zu sehr verzogen!" In Sophias Enttäuschung schlich sich Wut „Sie ist ein unerzogenes, egoistisches Gör`."

So stritten sich die ehemals verliebten.

Als beinahe zwei Wochen verstrichen waren, zerzauste Schneewittchen sich das Haar, zerriss sich das Kleid und kehrte ins Schloss zurück.

Der ganze Hofstaat versammelte sich um das arme, geschundene Kind und der König schloss seine Tochter überglücklich in die Arme.

Hasserfüllt sah Schneewittchen Sophia an und sagte „ Sie hat mich entführen lassen! Es war ja so schrecklich!" dicke Tränen quollen aus ihren Augen „Man sollte mich töten und mir das Herz herausschneiden! Zum Glück konnte ich entkommen."

Sofia war entsetzt angesichts dieser Anschuldigungen und bestritt natürlich alles.

Der aufgebrachte König glaubte jedoch seiner über alles geliebten Tochter und ließ Sophia zur Strafe im Kerker lebendig einmauern.

So bekam Schneewittchen wieder ihren Willen und sie lebten – mehr oder weniger

glücklich bis an ihr Ende.

11 – Die herzhafte Mahlzeit

Wie immer wartete Marguerite de Roussillon darauf, dass ihr Gemahl, Graf Raymond de Roussillon, das Haus verließ und in den Jagdclub fuhr.

Sie wusste, um nichts in der Welt würde er seine wöchentliche Treibjagd mit seinen Geschäftspartnern ausfallen lassen. Als der Wagen die Auffahrt verließ und auf die Straße Richtung Club abbog, husche ein Lächeln über ihr Gesicht.

Die nächsten drei Stunden wäre er beschäftigt und sie freute sich auf ihren sinnlichen Zeitvertreib.

Kaum hatte sie die Klingel für den Pagen gedrückt, stand er auch schon in der Tür...

„Madame verlangt nach mir?" Lächelnd geht er auf seine Herrin zu.

„Oh, Guillaume de Rabsteing - und wie es mich nach Euch verlangt!" Vor Erregung zitternd lässt Marguerite ihr Kleid von den Schultern gleiten und steht in aufreizenden Dessous vor ihrem Pagen.

Die beiden verschwenden keine Zeit und geben sich einander innig hin.

Anfangs hat Marguerite sich gelangweilt, wenn Raymond in den Jagdclub verschwand. Aus einer Laune heraus kokettierte sie mit dem Pagen Guillaume und es dauerte nicht lange, da hielten die beiden regelmäßig ihr Schäferstündchen zu dieser Zeit ab.

Marguerite fand, so kamen doch alle auf ihre Kosten und Raymonde würde es nie erfahren.

Er interessierte sich ja eh nicht dafür, was sie den ganzen Tag so trieb.

Raymond de Roussillon verabschiedete sich wie immer von seiner Frau und fuhr Richtung Jagdclub.

Diesmal parkte er aber gut 300 Meter vom Haus entfernt hinter einer bewaldeten Böschung. Heute wollte er es wissen.

Des Öfteren war ihm schon aufgefallen, dass Marguerite mit erhitzten, roten Wangen und leuchtenden Augen im Bett lag, wenn er vom Jagen heim kam. Er hatte schon einen Verdacht und hoffte, dass dieser sich nicht bestätigen würde.

Raymond wartete eine halbe Stunde und schlich sich dann ins Haus zurück. Leise stieg er die Stufen zum ersten Stock hinauf und hörte schon oben am Treppenabsatz die verdächtig Geräusche. Ihn überkam ein Gefühl von Übelkeit.

Seine Gemahlin wagte es, in zu betrügen - und dann auch noch mit dem perfiden Pagen, den er für seine Dienste bezahlte.

Er kochte vor Wut und wäre am liebsten ins Zimmer gestürmt, doch er hatte sich für den Fall der Fälle einen grauenvollen Plan zurecht gelegt.

Um Fassung ringend ging er zum Wagen zurück und wartete noch einige Zeit ab.

Am nächsten Tag hatte seine Gemahlin einen Friseurtermin und war bis mittags außer Haus.

Raymond rief Guillaume in den Weinkeller.

„Was kann ich für Euch tun, Sir?" Der Page stand fragend vor ihm.

„Eigentlich hast du schon genug für mich getan - oder soll ich besser sagen: für meine Frau!" wütend stand er vor Guillaume und im nächsten Moment hieb er mit der Axt zu, die er hinterm Rücken verborgen hatte.

Guillaume hatte einen erstaunten Blick in den Augen, als das Blut über sein Gesicht lief und er langsam zu Boden sackte.

Raymond war wie im Wahn und mit seinem großen Jagdmesser schnitt er dem Pagen den Kopf ab. Dann stach er in die Brust und setzte einen Schnitt unterhalb des Rippenbogens.

Laut schnaufend hielt er endlich das Herz des Ehebrechers in der Hand.

Er legte es in eine Schüssel und stopfte den Torso in ein altes Weinfass. Den Kopf packte er in eine Kiste, welche er später hinter den Rosenbüschen verbergen wollte.

Mit einem Schlauch beseitigte er das Blut und die Schleifspuren auf dem Boden. Dann holte er aus seiner Jagdtasche einen Rehkadaver, den er gestern geschossen hatte.

Er weidete ihn aus und häutete das Tier. So hatte er im Notfall ein Alibi für das Blut an Messer und Beil.

Er zog die verschmutzten Sachen aus und entsorgte sie im Heizungskessel. Jetzt war er froh, dass er noch den alten Heizkessel hatte, der noch befeuert wurde und nicht schon diesen neuartigen Gasbrenner. Dann nahm er die Schüssel samt Herz und ging nach oben.

Beim Mittagessen plauderte Marguerite pausenlos über den neuesten Tratsch, den sie beim Friseur erfahren hatte. Gelangweilt hörte Raymond ihr zu und wartete, dass sie endlich die Gabel aus der Hand legte.

Als Marguerite sich den letzten Bissen des Ragout vom „Rehherz"
in den Mund schob, zog er die Kiste unterm Tisch hervor.

„Hat es dir gemundet?" fragte er, während er ihr den Kopf zeigte.
"Ihr habt wohl gedacht, ich bin doof und merke nicht, wie ihr mich
hintergeht. Ein Raymond de Roussillon lässt sich nicht zum
gehörnten Ochsen machen."

Marguerite wurde aschfahl im Gesicht und saß einige Minuten
stocksteif auf ihrem Stuhl.

Dann stand sie auf und ging zum Turmfenster.

„Ich möchte mir durch nichts in der Welt mehr den herrlichen
Geschmack verderben lassen." erwiderte sie, öffnete das Fenster
und stürzte sich hinaus.

12 - Der Traum vom Fliegen

Schon vor dem ersten Vogelzwitschern bin ich wach und schleiche leise in die Küche.

Der Rest meiner Familie schläft noch tief und fest. Es ist ja auch gerade erst zwanzig nach vier.

Normalerweise würde ich Sonntags nicht vor neun Uhr aus dem Bett kriechen ... aber heute - ich kann einfach nicht mehr schlafen! Bin viel zu aufgeregt.

Ich brühe frischen Kaffee auf und nehme den Gutschein nochmals vorsichtig vom Regal.

Den haben mein Mann und meine Kinder mir letzte Woche zum Geburtstag geschenkt.

Damit haben sie mir einen lang gehegten Traum erfüllt - einen Rundflug mit dem alten Doppeldecker, der Antonow über Bottrop!

Wie oft habe ich mir vorgestellt, dort oben zu sitzen und den grandiosen Ausblick über Bottrop und unseren Stadtteil, die Welheimer Mark, zu genießen.

Nur, ich habe nie die Initiative ergriffen und mir ein Ticket gekauft.

So ist das halt mit Träumen!

Jetzt halte ich eins in meinen Händen und heute wird mein Traum tatsächlich wahr.

Nachdem ich genüsslich einen Kaffee getrunken habe, dusche ich ausgiebig und ziehe mich an.

Oh, Gott, erst zehn nach sechs.

Warum nur vergeht die Zeit so langsam, wenn man auf etwas Bestimmtes wartet und andererseits rast der Zeiger nur so dahin, wenn man sich wünscht, die Zeit würde für einen Moment stillstehen?

Also schnappe ich mir die Leine und gehe eine Runde mit unserem Hund durch unseren Ortsteil, die Welheimer Mark.

Ich habe das Gefühl, die ganze Siedlung schläft noch. Nur vereinzelte Fenster sind erhellt.

Sonntagmorgen - wer steht da schon freiwillig so früh auf. Charly, unser Golden-Retriver genießt die Ruhe jedenfalls.

Gemächlich trotten wir durch die Straßen. Um kurz vor Sieben kommen uns erste Leute entgegen.

Zuhause angekommen decke ich den Frühstückstisch und schnappe mir einen dampfenden Kaffeebecher, um meinen Mann zu wecken.

Zerknautscht wühlt er sich aus den Kissen und blickt auf die Uhr. „Halb acht? Geht´s dir noch gut?! Heute is´ Sonntag!"

„Nun, ich wünsche dir auch einen guten Morgen, mein Schatz. Ich hab frischen Kaffee für dich!" Vorsichtig reiche ich den Becher rüber. „Frühstück ist fertig, steh´ auf!" unsanft ziehe ich das Rollo hoch. „Denk dran, um zehn Uhr geht mein Flug los!"

Grummelnd zieht er sich das Kissen über den Kopf und ich setze meinen Weckdienst bei den Kindern fort.

Keine vierzig Minuten später sitzen wir mehr oder weniger munter am Frühstückstisch. Um kurz vor neun Uhr sind wir endlich fertig und fahren los.

Ich hab schon richtig Bauchweh vor Aufregung. Wird es wohl so, wie ich es mir immer vorgestellt habe?

Die drei Morgenmuffel an meiner Seite können mir nicht die gute Laune verderben – nicht Heute!

Endlich kann ich den Flugplatz erblicken: Schwarze Heide - Kirchhellen.

Schon oft habe ich hier hinterm Zaun gestanden und die Flieger sehnsüchtig beobachtet. Bin aber nie richtig nah ran gegangen.

Wir gehen ins Büro der Flugleitung und ich gebe mit feuchten Händen meinen Gutschein ab.

„Gehen sie bitte auf den Platz vor dem Hangar. Die anderen Passagiere sind auch schon da. Sie können es gar nicht verfehlen!"

Ich bedanke mich und bin etwas enttäuscht. Igendwie habe ich gedacht, ich fliege alleine. So war es zumindest immer in meiner Vorstellung.

Wir gehen zum Hangar und unsere Kinder werden jetzt auch munter. Angesichts der vielen kleinen Flieger bekommt mein Sohn große Augen. „Boa, der is´ ja richtig groß!" Er deutet auf die Antonow, die auf der Startbahn steht. Davor stehen etliche Leute und unterhalten sich angeregt.

„Die wollen doch wohl nicht alle mit? Das passt doch gar nicht?" entgeistert sehe ich meinen Mann an.

„Warte es doch erst mal ab, ich weiß auch nicht genau, wie viel Plätze die hat!"

Die Maschine ist doch sehr groß.

Von weiten habe ich sie immer als viel kleiner empfunden. Wenn sie über uns hinweg geflogen ist, haben wir immer gesagt: „Schau mal, der Rote Baron!"

Damit lagen wir voll daneben. Diese Antonow hier ist Nato-Grün.

An der Seite sind vier kleine Fensterluken, welche direkt zwischen den doppelten Tragflächen angeordnet sind.

Der Pilot kommt, hakt unsere Namen auf eine Liste ab und fordert uns auf einzusteigen. Meine Leute winken mir nach und ich steige die kleine Gangway hinauf. Neun Personen haben Platz. In der Kabine sind drei Sitzreihen mit jeweils einem Doppelsitz und einem Einzelsitz. Ich erkämpfe mir durch etwas schubsen und drängeln direkt einen Fensterplatz in der ersten Reihe. Durch die Tür kann ich ins Cockpit sehen. Der Pilot erklärt gerade einigen Leuten die unzählig vielen Armaturen: „Das ist der Höhenmesser, die Spritanzeige, diese Schalter sind für Heckruder, Seitenruder, Triebwerk ...“

Ich bin so aufgeregt, dass ich mir nicht mal die Hälfte merken kann. Endlich müssen wir uns anschnallen und es geht los.

Die ganze Maschine beginnt zu vibrieren, der Motor dröhnt höllisch laut und wir gewinnen langsam an Fahrt. Auf der Startbahn beschleunigt der Pilot rasant, und gerade als ich denke, die Bahn ist ja viel zu kurz, heben wir ab.

Durch den schnellen Aufstieg habe ich etwas Druck in der Magengegend, aber das legt sich schnell. Kein Ruckeln und Wackeln mehr. Nur das Dröhnen lässt nicht nach.

Unter uns verschwindet der Flugplatz und es geht über die Kirchhellener Heide. Wir fliegen eine große Kurve und der Pilot meldet sich über den Lautsprecher: „Wenn sie jetzt links aus dem Fenster sehen, haben sie einen tollen Blick auf die Schalke-Arena.“ Die Männer stürzen begeistert zu den kleinen Fensterluken.

Eigentlich dürfen wir uns nicht losschnallen. Wurde uns extra bei der Einweisung gesagt. Ich mache also einen langen Hals, um die Arena aus der Vogelperspektive zu sehen. Man sieht das ovale Dach und in der Mitte leuchtet die grüne Wiese.

Wir fliegen wieder eine Rechtskurve und ich kann zwischen die Tragflächen hindurch auf Dächer, Bäume und Straßen sehen.

„Sind wir noch über Gladbeck? Von hier oben sieht alles so total anders aus!" Fragend blicke ich den Mann neben mir an.

„Nee, ich glaub, wir sind schon wieder über Bottrop. Ja, da hinten ist das Tetraeder!" Er beugt sich zu mir rüber und zeigt in die Richtung. Dabei sticht er mir fast ein Auge aus, da die Maschine wieder eine Kurve fliegt und er sein Gleichgewicht nicht halten kann.

Jetzt sehe ich es auch. Wir überfliegen die Halde und ich schaue ganz aufgeregt nach unten. Linkerhand sind schon die Emscher-Faultürme, im Volksmund auch Blaue Eier genannt, zu sehen. Also muss rechts unter uns – ja, da ist unsere Siedlung. Die Welheimer Mark! Einfach unbeschreiblich dieses Gefühl. Der Sportplatz liegt als großes rotes Oval umgeben von Bäumen direkt am Fuß der Prosperhalde. Die Straßen sehen alle so klein und eng aus. Unsere Straße, der `Speckenbruch´, ist wie eine gewundene graue Schnur zu erahnen. Mir war gar nicht so bewusst, dass in unseren Straßen so viele Bäume stehen! Ich sehe tatsächlich unser Haus und unseren Garten. Der Teich und die Laube sehen winzig klein aus von hier oben. Schon verschwindet die Siedlung wieder aus meinem Blickfeld. Schade!

Keine acht Minuten später ruft eine junge Frau von der rechten Sitzreihe „Da ist schon der Flugplatz. Ich kann schon den Tower und die Landebahn sehen!"

Tatsächlich! Einfach fantastisch, wie schnell man so große Strecken in luftiger Höhe blitzschnell überbrücken kann.

Schon fängt die Maschine wieder an zu ruckeln und wir werden in die Sitze gepresst. Ich kann beobachten, wie die Landeklappen an den Tragflächen hochgehen. Rasend schnell kommt die Landebahn auf uns zu. Der Motor wird gedrosselt und ein neuerlicher Ruck weist darauf hin, dass das Fahrwerk Bodenkontakt hat. Die Antonow hoppelt und ruckelt über die Bahn. Dann rollen wir ganz langsam Richtung Hangar.

Schon hat der Spaß ein Ende.

Alle klatschen, genau wie in einem großen Jet. Beim Aussteigen bemerke ich, dass meine Beine zittern. Die Anspannung lässt aber schnell wieder nach.

„Und, wie war es?"

„Is` dir schlecht geworden?"

„Na, hat es dir gefallen?"

Mein Mann und meine Kinder bombardieren mich gleichzeitig mit ihren Fragen.

„Es war einfach Super. Aber dafür, dass ich mich schon so lange darauf gefreut habe, war es viel zu schnell vorbei."

Ich schaue der Antonow nach, die zum Tanken an uns vorbeirollt und bin etwas enttäuscht, dass die dreißig Minuten sprichwörtlich im Fluge vergangen sind. Aber an dieses Erlebnis werde ich noch lange denken.

Wobei, wenn ich mir die kleinen Segelflugzeuge mit der gläsernen Kuppel so ansehe, das wäre doch mal ein Abenteuer! Mein Mann stößt mich an, und zeigt auf eine kleine K7 und meint „Frag doch, was ein Rundflug kostet. Dann holst du dir nächstens ein Ticket."

„Ach quatsch, aber ein bisschen Träumen darf ich doch noch!"

13 – An dich, mein Kind!

Ich spüre es noch ganz genau, gerade so als sei es erst gestern gewesen. Ein leichtes Streicheln und Kitzeln ganz tief in mir, als wenn zarte Schmetterlingsflügel meine Bauchwand berühren.

Du warst ganz nah bei mir, du warst IN mir.

NIE mehr werden wir uns so nah sein.

Aus dem leichten Flattern wurde mit der Zeit ein Klopfen und

Stoßen, als wolltest du sagen „Hallo, ich bin da, spürst du mich?"

Und wie ich dich gespürt habe.

Jede Bewegung habe ich genossen, auch wenn es manchmal sehr unangenehm war.

Einmal dachte ich sogar, du durchstößt jeden Moment meine Rippen. Mir blieb fast die Luft weg.

Dann musste ich dich aus deiner Geborgenheit entlassen, doch nur um dich endlich in den Arm zu nehmen.

Du warst so weich, so klein, so hilflos.

Man musste dich einfach lieben und beschützen.

Stundenlang hätte ich deinen kleinen Körper halten können, nur um deine Nähe zu spüren, dich zu riechen, einfach nur anzusehen.

Ich konnte dir beim Wachsen zusehen.

Begierig sogst du die Eindrücke deiner Umgebung in dich auf, wurdest immer selbstständiger.

Früher durfte ich dich waschen, füttern und anziehen, doch irgendwann schobst Du meine Hand zur Seite und sahst mich mit deinen großen Augen an „Will alleine machen!"

Ich nahm dich bei deinen kleinen Händen und half dir, die ersten Schritte zu machen.

Du musstest lernen loszulassen, um alleine auf deinen kleinen Beinen zu stehen.

Damals.

Heute muss ICH lernen loszulassen, damit du auf eigenen Beinen Stehst.

Doch wann immer DU zu stolpern anfängst;

ICH bin da und fang dich auf.

14 – Hinter der Maske

Ich bin hier und Du bist dort,

doch,

wer von uns ist am falschem Ort?

Beweg` mich mitten unter Menschen,

doch,

im Grunde bin ich allein.

Lache mit den anderen,

doch,

in Wirklichkeit will ich nur Schrein`

Jetzt tanzen alle Walzer,

doch

in mir tobt Rock`n Roll.

Möchte nach den Sternen greifen

und Säle erfüllt mit Licht durchstreifen,

doch

weil ich das alles nicht kann,

behalte ich meine Maske an.

(Aufgenommen in Bibliothek deutschsprachiger Gedichte - Ausgewählte Werke XIX)

15 – Erlösung

Zärtlich streicht Hetti mit dem Finger über den goldenen Rand des Bilderrahmens. Auf dem Foto lächelt ihr Ehemann Friedhelm in die Kamera.

Henriette Schiller wurde 1915, noch unter der Regentschaft von Kaiser Wilhelm II, geboren.

Sie überlebte zwei fürchterliche Kriege und hatte doch ein erfülltes Leben.

Mit 20 Jahren heiratete sie den gleichaltrigen Friedhelm und sie bekamen 2 Kinder.

Friedhelm ist mit 80 Jahren gestorben - nach 60 Jahren Ehe.

Das ist nun schon ganze 20 Jahre her!

Vor 12 Jahren starb dann ihr Sohn mit nur 63 Jahren an Krebs.

Letztes Jahr verstarb ihre Tochter mit 79 Jahren. Ihre Hilde hat leider keine eigenen Kinder hinterlassen.

Als ihr Mann starb, hätte sie nie gedacht, dass sie ihre Kinder auch noch überleben würde.

Seit dem Tod der Tochter vor 13 Monaten denkt Hetti oft, ob es wohl eine Strafe ist, dass sie in ihrem gebrechlichen Körper dazu verdammt ist, auf der Erde auszuharren.

Nur - sie ist sich keiner Sünde bewusst, die diese Strafe heraufbeschworen hätte.

Ihre drei Geschwister sind mittlerweile auch schon alle verschieden und sie hat nur noch ihren Großneffen Peter, der sie regelmäßig ein Mal im Monat besucht.

Er lebt in Hamburg und hat eine relativ weite Anfahrt, aber:

>Für meine „Lieblingstante Hetti" ist mir kein Weg zu weit.< behauptet er immer

Zwischendurch ruft er immer mal wieder kurz an und erkundigt sich nach ihrem Befinden.

Hetti ist geistig noch vollkommen klar und fit.

Sie ist sogar stolz darauf, in einer eigenen kleinen Wohnung in einem betreuten Altenwohnkomplex zu leben.

Sie bekommt ihr Essen mittags geliefert, hat eine Putzhilfe und der Pflegedienst schaut auch regelmäßig nach dem rechten.

Zu ihrem einhundertsten Geburtstag kamen sogar der Pfarrer, die Stadträte und der Herr Bürgermeister höchstpersönlich zum Gratulieren ...

Es war ganz nett, nur - außer ihrem Großneffen Peter gab es keine Familie mehr.

Da die Sehkraft in letzter Zeit auch rapide nachlässt, kann Hetti sich nicht mal mehr an den schönen Blumen erfreuen, die sie geschenkt bekommt oder ihre Rätselhefte lösen.

Das war der Zeitpunkt, als aus dem Wunsch ein dringendes Bedürfnis wurde - endlich „Lebe wohl" zu sagen.

Sie hat es stundenlang und ausgiebig mit Peter diskutiert und mittlerweile hat er sich mit ihrem Wunsch abgefunden.

Er hat durch Beziehungen und Kontakte eine Stelle in Belgien ermittelt, die so etwas ermöglicht.

Peter hat ihr nicht gesagt, wie und woher, und Hetti hat nicht nachgefragt, aber er hat ein Medikament, das sie sich Spritzen muss. Dies ist kein Problem denn durch ihre Insulinspritzen und Trombosespritzen hat sie Übung darin.

Hetti hat auch schon vor geraumer Zeit ihren Abschiedsbrief verfasst und alles Formelle geregelt.

Peter wird sich freuen!

Vorhin war der Pflegedienst da und sie musste sich beherrschen, da sie schon so aufgeregt war. Die beiden netten Pfleger sollten ja nichts bemerken.

Endlich ist Hetti allein.

Sie legt alle Papiere zurecht, damit diese auch direkt gefunden werden, legt noch einmal die alte Schallplatte von Marlene Dietrich auf, die sie immer mit ihrem Friedhelm zusammen gehört hat, schlüpft in ihr bestes Nachthemd und legt sich ins Bett.

Vorsichtig nimmt Henriette die Spritze aus dem Nachtschränkchen und zuckt beim Einstich in die Vene doch kurz zusammen, da die Flüssigkeit ein wenig brennt.

Doch das ist Hetti jetzt egal.

Bald schon ist sie endlich wieder mit ihrem Friedhelm und den Kindern vereint.

Henriette seufzt noch einmal tief auf und schläft, seit langer Zeit zum ersten Mal wieder Glückselig, zum letzten Mal ein.

16 – Leuchtzeichen

Mein Opa Heinz arbeitete nach dem Krieg auf Zeche Theodor in Altendorf an der Ruhr. Heute heißt der Ortsteil Burgaltendorf und gehört zu Essen. 1968 wurde die Zeche stillgelegt und im Jahr 2007 wurden die letzten maroden Gebäude aus Sicherheitsgründen abgerissen.

Nachdem mein Opa Heinz sich vom Schlepper weiter hochgearbeitet hat, wurde er gegen Ende 57´ zum Schachthauer.

Von da an fuhr er nur noch Nachtschichten, weil dann der Betrieb größtenteils ruhte.

Zuhause erzählte er oft, dass er ein mulmiges Gefühl hat, wenn er auf dem Deckel des Förderkorbs stehend in den Schacht nach unten fährt um die Sprossen und Spurlatten an den Wänden auf Schäden zu kontrollieren.

Meine Mama Roswitha war zu dieser Zeit 11 Jahre alt. Zwischen den beiden herrschte eine tiefe Verbundenheit.

Heinz nannte Rosi immer „Mein kleiner Schatten", weil sie ihn auf Schritt und Tritt begleitete. Sooft sie es schaffte, beeilte Rosi sich noch vor der Schule, um ihrem Vater entgegen zu laufen, wenn er Schichtende hatte. Dann musste er ihr genau erzählen, was er alles erlebt hat.

„Ich bin, oben auf dem Förderkorb stehend, in die Tiefe des Schachtes gefahren," erzählte Heinz, „dabei hab ich die Wände mit einer Lampe auf Risse untersucht. Wenn man runter fährt, dann wird das einfallende Licht von oben immer kleiner, bis nur noch ein Pünktchen zu erkennen ist und unter dir ist 800 m lang nichts! Da muss man ganz schön aufpassen." So beschrieb er ihr die Abfahrt.

Rosi klebte dann immer ganz gebannt an seinen Lippen. „Heute habe ich in einem Streb die Sprossen an den Wänden repariert, die tagsüber kaputt gegangen sind."

So musste er ihr jeden Tag aufs Neue berichten.

Eines Nachts schlief meine Mama ganz unruhig und wurde wach. Durchs Fenster sah sie einen Stern hell am Himmel blinken. Sie ging näher ans Fenster um sich dieses Phänomen genau anzusehen. Es war, als wenn der Stern näher kam und wieder wegging. Dabei blinkte er die ganze Zeit.

Rosi weckte ihre Mutter, damit sie sich das auch ansehen sollte. Auch Gitte, die ältere Schwester wurde dadurch wach. Sie sah kurz zum Himmel und meinte, „Spinnst du, uns dafür wach zu machen. Ist doch nur ein Stern." Dann legte sie sich wieder schlafen.

Es war kurz nach halb Zwei. Rosi und ihre Mutter Hanna sahen sich noch eine Weile den Stern an.

„Sieht aus, als wenn er winken würde." meint Rosi.

„So was hab ich auch noch nicht gesehen" meinte Mutter Hanna „Vielleicht ist das der Satellit, den die in den Himmel geschossen haben, davon hat neulich ein Nachbar erzählt. Sputnik oder so soll er heißen."

Dann gingen beide wieder Schlafen.

Um 6.30 Uhr wurden sie durch die Türklingel geweckt.

Sie warfen sich die Morgenmäntel über und wollten wissen, wer so früh schon störte denn Opa Heinz hatte ja einen Schlüssel und wurde erst in ca. einer halben Stunde erwartet.

Vor der Tür stand Onkel Ernst, der Bruder meiner Oma.

Er weinte und teilte den Dreien mit, dass mein Opa um 1.30 Uhr verunglückt ist.

Er wollte auf den Förderkorb steigen, ist auf einer Wasserlake ausgerutscht und zwischen Korb und Schachtwand gestürzt.

Er ist den ganzen Schacht hinunter gestürzt.

Die Kollegen, die den Verunglückten bergen mussten, erlitten einen Schock.

Das geschah am 9. September 1958.

Am 12. September wurde meine Mama 12. Jahre alt.

Es war der schlimmste Geburtstag ihres Lebens, da am selben Tag die Beerdigung ihres geliebten Vaters stattfand.

17 – Der Weihnachtsbrief

Liebe Kinder,

Dieses Jahr werdet ihr Weihnachten einmal ohne mich verbringen müssen, denn ich werde über die Feiertage ganz allein verreisen.

Der Entschluss ist plötzlich gekommen und ich weiß auch noch nicht genau wohin, aber ich möchte dieses Christfest einmal auf eine ganz andere Weise feiern.

Vater konnte ich nicht überzeugen mich zu begleiten, denn er ist der Meinung, dass man Weihnachten zu Hause sein muss. Ihr könnt also, wie jedes Jahr, ruhig nach Hause kommen. Da die Feiertage seit Jahren nach einem festen Ritual ablaufen werdet ihr es auch ohne mich schaffen.

Sonst habe ich zu dieser Zeit bereits ein paar Vorbereitungen getroffen, die ich diesmal irgendwie vergessen haben muss. Aber unter euch sind ja perfekte Hausfrauen, die mir immer wieder gut gemeinte Ratschläge für Essen und Trinken geben konnten.

Das Zimmer für die Übernachtungen muss noch aufgeräumt werden. Die Gästebetten könnt ihr bei Müller nebenan und bei Meier ein Stück die Straße runter ausleihen.

Die Bettwäsche liegt oben im Kl

eiderschrank des Schlafzimmers. Vier Betten zu überziehen ist für euch doch ein Klacks.

Ich will euch das Festmahl nicht vorschreiben und habe aus diesem Grund auch nichts eingekauft. Die Mengen für 12 Personen errechnet ihr einfach, indem ihr den Viertagesbedarf eurer drei Familien zusammenrechnet. Mit meinem kleinen Wagen musste ich immer ein paar Mal in den Supermarkt fahren, doch ihr könnt es ja mit euren schönen, großen Limousinen in einem Rutsch besorgen. Außerdem könnt ihr, wenn ihr zusammen fahrt, die schweren Getränkekisten bequemer nach Hause befördern als ich.

Denkt aber daran, dass Papa nur Weizenbier mag und Olaf nur Coca Cola. Hanne trinkt nur Fanta und die Kinder mögen nur diesen bestimmten Kakao aus dem Feinkostgeschäft aus der Stadt. Dort kann man nicht parken und es ist auch immer sehr voll, aber ihr habt ja Urlaub und eine Menge Zeit mitgebracht, nicht wahr? Aber was sage ich denn da? Ihr habt mir diesbezüglich eure Wünsche ja immer mitgeteilt.

Vielleicht solltet ihr auswärts essen gehen, denn das Spülen der Geschirrberge hält immer so lange auf. Aber wenn ihr alle mithelft, ist es bestimmt in 30 Minuten erledigt und ihr könnt weiter fernsehen.

Wenn ihr aber zu Hause essen solltet, dann könnt ihr getrost das gute Service aus dem Wohnzimmerschrank benutzen.

Ich kenne jetzt eine Quelle, wo ich das von den Kindern zerbrochene Geschirr nachbestellen kann.

Der Katalog mit Preisliste liegt im Wohnzimmer. Wenn also etwas zu Bruch gehen sollte, dann legt das Geld einfach in die mittlere Schublade des Wohnzimmerschrankes und ich bestelle die Teile einfach nach.

Denkt doch bitte noch an den Weihnachtsbaum.

Ich bin nicht dazu gekommen. Das Einstielen ist nicht so schwierig. Leider kann Papa euch nicht dabei helfen, denn diese Arbeit hat er immer mir überlassen.

Wenn eure Hände nach dem Schmücken zerstochen sind und schmerzen, in meiner Nachttischschublade liegt eine gute Heilsalbe. Der Christbaumschmuck liegt wie immer im Keller auf dem hinteren Regal.

Nehmt in diesem Jahr lieber die elektrischen Kerzen, denn die Brandflecken vom letzten Jahr sieht man immer noch. Die Kinder wollen doch sicher wieder im Wohnzimmer Ball spielen, während ihr vor dem Fernseher sitzt.

Eins macht mir allerdings ein wenig Sorge: WER wird den Streit-Schlichter bei euren Diskussionen machen wenn ICH nicht da bin. Ihr wisst ja dass Papa sich lieber raus hält, weil seine Nerven zu empfindlich sind.

Am besten bleibt ihr alle etwas gelassener, auch bei Erziehungsfragen. Jeder macht schließlich bei der Aufzucht seines Nachwuchses Fehler.

Ich habe mir da auch einiges vorzuwerfen. Aber glaubt mir, es ist nie zu spät mit dem Umerziehen anzufangen.

Übrigens finanziere ich mit dem Geld, dass ich sonst für Eure Geschenke ausgegeben habe, dieses Jahr meinen Urlaub.

In den letzten Jahren habe ich nie euren Geschmack getroffen und ihr habt die Sachen kurz nach Weihnachten meistens wieder umgetauscht.

Löst die Gutscheine, die ihr bestimmt auch dieses Weihnachten wieder für mich besorgt habt, ein und kauft euch selbst eine Kleinigkeit.

Bevor ihr wieder abreist bringt bitte alles wieder in den Zustand, wie ihr ihn bei eurer Ankunft vorgefunden habt.

Die Betten abziehen, waschen und die Bettgestelle wieder rüber zu den Nachbarn bringen.

Den Weihnachtsbaum könnt ihr auch wieder ab schmücken und entsorgen, denn wenn ich Mitte Januar zurück bin ist es ja zu spät dafür.

So, jetzt muss ich den Brief aber schließen, sonst verpasse ich noch den Bus zum Flughafen.

Wenn ich zurück bin, könnt ihr mit ja berichten wie euch das Weihnachtsfest gefallen hat.

Frohe Weihnachten wünscht Euch

Mutti

(Diesen Text habe ich schon 1989 geschrieben und in den 90er Jahren leider ins Internet hochgeladen – seitdem kreist er in unendlich vielen Varianten durchs WorldWideWeb und ist sogar in einigen Büchern gedruckt. Da ich Mitglied in der VG-Wort bin, kann ich aber belegen, dass der Text ursprünglich aus meiner eigenen Feder stammt ;)

Liebe Leser,

ich hoffe, dass meine Texte und Geschichten Euch gut unterhalten haben.

Die meisten meiner Geschichten sind in der persönlichen Erzähl-Perspektive geschrieben – also in der ICH-Form.

Das heißt aber nicht, dass sie alle so passiert sind sondern dass ich oftmals meiner Fantasie freien Lauf gelassen habe.

Natürlich wird nicht verraten, was erfunden und was wahr ist...

Das überlasse ich nun Ihrer/Eurer Fantasie ;)

Sollten Euch also meine Geschichten gefallen haben, dürfen Ihr gerne auf meiner Hompage, bei Facebook, amazon oder Lovelybooks eine Rezernsion abgeben.

Natürlich auch, sollte es gar nicht gefallen haben!
Nur so weiß ich, was ich beim nächsten Buch anders machen soll oder kann...

Mehr unter: www.bettina-doeblitz.de

Über die Autorin

Die Autorin und Inhaberin des Kunst- und Literaturstudio Galerie-7 in Bottrop ist ein Kind des Emscherlandes. Aufgewachsen zwischen Emscher, Lippe und Ruhr hat sie schon früh in der Schule die Liebe zum schreiben entdeckt.

Mit ihrem Mann und zwei erwachsenen Kindern lebt sie in Bottrop. Meistens schreibt sie Kurzgeschichten, die vom Leben erzählen. Manchmal traurig, manchmal schelmisch, dann wieder voller Übermut geht sie ihre Texte an. Hin und wieder baut sie ihre Figuren aus Metaphern auf. Ihre Geschichten tun gut, machen nachdenklich und heitern auf.

Geschichten vom Gehen, vom Rasten, vom Leben.

Aber auch Geschichten für Kinder entspringen ihrer Fantasie und finden den Weg ins gedruckte Buch. Auch der Roman *Mallorquinische Nächte* entstammt ihrer Feder. Sie ist auf kein bestimmtes Genre festgelegt.

Auf den folgenden Seiten finden Sie weitere Bücher der Autorin.

Sie ist auch Mitherausgeberin bei einigen Anthologien.

Weitere Bücher

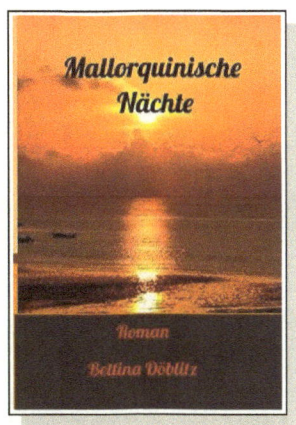

Mallorquinische Nächte   Roman

Vera fällt in ein Gefühlschaos, als Martin nach der Hochzeit sein wahres Gesicht zeigt. Er hat ein Verhältnis mit einer anderen, obwohl sie ein Kind erwarten. Nachdem die Situation eskaliert, reicht sie die Scheidung ein. Vera startet einen Neuanfang. Sie fliegt - zum ersten Mal in ihrem fünfundzwanzigjährigen Leben allein - nach Mallorca. Dort lernt sie den heißblütigen Felipe kennen und verliebt sich Hals über Kopf. Er löst Gefühle in ihr aus, die sie bei Martin nie empfunden hat. Doch der Urlaub umfasst nur drei Wochen und sie finden keinerlei Hilfe und Unterstützung. Kann man wirklich nach so kurzer Zeit die wahre Liebe finden?

Softcover, 120 Seiten
ISBN : 978-3-7450-3903-0
Preis : 6,90 Euro
2. Auflage (2016)
Bettina Döblitz

Wunderschöne Weihnachtszeit-
Geschichten und Gedichte für die schönste Zeit im Jahr

Die Weihnachtszeit - Glühwein, heißer Kakao, der Duft von Lebkuchen und Spekulatius... Draußen fällt der erste Schnee, drinnen knistert der Kamin. Zeit, es sich gemütlich zu machen und ein gutes Buch zu lesen oder vorzulesen.
Wir möchten ihnen mit unseren Geschichten und Gedichten die Zeit bis zum Fest verkürzen. Es erwarten Sie besinnliche, lustige, aber auch nachdenkliche Geschichten und Gedichte, die auch für Kinder geeignet sind

Softcover, 112 Seiten
ISBN: 978-374-678-385-7
Preis, 9,50 Euro
Erscheinungsdatum: 24.11.2018
Hrsg: Bettina Döblitz

Das große Abenteuer der kleinen Meise Pips

In einem abgelegenen Wäldchen erblickt die kleine Meise Pips das Licht der Welt. Von den anderen Waldbewohnern erfährt Pips, dass es auch Dörfer und Menschen gibt, die aber sehr gefährlich sind. Trotz aller Warnungen verlässt Pips den Wald um ein Dorf zu erkunden. Damit beginnt sein großes Abenteuer... Und ganz nebenbei lernen die kleinen Leser auch noch etwas über die Lebensweise und das Brutverhalten unserer heimischen Meisen.

Hein-Verlag; 1. Edition (20. Oktober 2016)
Taschenbuch : 41 Seiten
ISBN-10 : 3944828151
ISBN-13 : 978-394-482-815-2
Lesealter : 3–12 Jahre

Von Kräutertee bis Fleischeslust

Diese Anthologie bietet ein literarisches Büfett und eine appetitanregende Mischung aus skurrilen, heiteren, spannenden oder nachdenklichen Kurzgeschichten und Gedichten von Kräutertee bis zur Fleischeslust. Die einzelnen Geschichten werden abgerundet durch passende Rezepte, die zum Nachkochen einladen. Genießen, staunen und schaudern Sie ... Viel Spaß!

Engelsdorfer Verlag; 1. Edition (3. Dezember 2014)
Taschenbuch : 132 Seiten
ISBN-10 : 3957443822
ISBN-13 : 978-395-744-382-3

Gemeinschaftsprojekt der Autorenvereinigung Arial-10 e.V.

Zeit-Areal-
Reviergeschichten von gestern bis morgen
Menschen und ihre Beziehungen zu sich selbst, zu ihren Vor- und
Nachfahren, zu ihren Gedanken und Ideen und natürlich zum
Ruhrgebiet, das uns begegnet zwischen Kohle und Kulturhauptstadt. Wir
legen dafür eine EXTRASCHICHT ein - ARIAL-10 e.V.

Engelsdorfer Verlag; 1. Edition (25. Februar 2014)
Taschenbuch : 119 Seiten
ISBN-10 : 3954887541
ISBN-13 : 978-395-488-754-5

Gemeinschaftsprojekt der Autorenvereinigung Arial-10 e.V.

Zeitfracht Medien GmbH
Ferdinand-Jühlke-Straße 7
99095 Erfurt, Deutschland
produktsicherheit@kolibri360.de